MW01700714

Maisey Yates

Luna de miel con otra

HARLEQUIN™

Editado por HARLEQUIN IBÉRICA, S.A.
Núñez de Balboa, 56
28001 Madrid

© 2012 Maisey Yates. Todos los derechos reservados.
LUNA DE MIEL CON OTRA, N.º 2258 - 25.9.13
Título original: One Night in Paradise
Publicada originalmente por Mills & Boon®, Ltd., Londres.

Todos los derechos están reservados incluidos los de reproducción, total o parcial. Esta edición ha sido publicada con permiso de Harlequin Enterprises II BV.
Todos los personajes de este libro son ficticios. Cualquier parecido con alguna persona, viva o muerta, es pura coincidencia.
® Harlequin, logotipo Harlequin y Bianca son marcas registradas por Harlequin Books S.A.
® y ™ son marcas registradas por Harlequin Enterprises Limited y sus filiales, utilizadas con licencia. Las marcas que lleven ® están registradas en la Oficina Española de Patentes y Marcas y en otros países.

I.S.B.N.: 978-84-687-3160-5
Depósito legal: M-19368-2013
Editor responsable: Luis Pugni
Fotomecánica: M.T. Color & Diseño, S.L. Las Rozas (Madrid)
Impresión en Black print CPI (Barcelona)
Fecha impresion para Argentina: 24.3.14
Distribuidor exclusivo para España: LOGISTA
Distribuidor para México: CODIPLYRSA
Distribuidores para Argentina: interior, BERTRAN, S.A.C. Vélez Sársfield, 1950. Cap. Fed./ Buenos Aires y Gran Buenos Aires, VACCARO SÁNCHEZ y Cía, S.A.

Capítulo 1

CLARA Davis miró la tarta intacta sobre el pedestal, aún tan blanca y rosa como la novia había solicitado. Una tarta que había tenido que transportar hasta un hotel en la costa a treinta kilómetros de su cocina de San Francisco.

Todo habría sido perfecto. La tarta, el enclave, los invitados, el novio... que era más que perfecto. Sin embargo, había faltado una persona clave: la novia, que había decidido saltarse el evento. Y sin ella se hacía algo complicado continuar.

Clara miró la tarta y se planteó partirse una porción. Había trabajado mucho en ella y no tenía ningún sentido dejar que se estropeara.

Suspiró. La tarta no haría que se disipara el nudo que tenía en el estómago ni aliviaría la tristeza que sentía. Nada había podido eliminar esa sensación, no desde que el novio, al que acababan de dejar oficialmente plantado, había anunciado el compromiso.

Pero irónicamente verlo ahí de pie en el altar no la había hecho sentirse mejor. Porque, ¿cómo iba a hacerlo? No le gustaba ver a Zack sufriendo. Era su socio, su mejor amigo y, ¡sí!, también era el hombre que la mantenía despierta algunas noches con la clase de fantasías que no se podían revivir a la luz del día.

Pero fantasías secretas aparte, no había querido que la boda se viniera abajo o, al menos, no habiendo llegado el día en cuestión. O tal vez sí que había querido. Tal vez una pequeña parte de ella había esperado que ese fuera el resultado.

Quizás por eso había accedido a elaborar la tarta; no había otra razón sensata para el hecho de quedarse ahí viendo cómo Zack se unía a otra mujer durante el resto de su vida.

Respiró hondo y salió de la cocina para entrar en el inmenso y vacío salón. El corazón le golpeteó con fuerza el pecho cuando vio a Zack Parsons, magnate del café, genio de los negocios y novio abandonado, de pie junto a la ventana mirando al mar y bañado por el brillo anaranjado del sol que salpicaba el prístino blanco de la camisa de su esmoquin.

Por un momento lo vio distinto, más esbelto y más fuerte de lo que estaba acostumbrada a verlo. Tenía la corbata echada sobre un hombro y su chaqueta negra formaba un charco junto a sus pies. Estaba apoyado contra la ventana.

En cierto modo, por raro que pareciera, no debería extrañarle que después de que lo hubieran dejado plantado en el altar ella ahora lo viera más fuerte de lo habitual.

–Ey –le dijo tal vez con un tono demasiado alto.

Él se giró y sus ojos grises se clavaron en ella y la dejaron sin respiración por un momento. Sin duda era el hombre más guapo del planeta. Siete años trabajando a su lado a diario deberían haber hecho que ya no le resultara tan impactante y había días en que era capaz de ignorarlo, aunque había otros en los que su presencia la golpeaba con la fuerza de diez toneladas de ladrillos.

Hoy era uno de esos días.

–¿Qué clase de tarta he comprado, Clara? –le preguntó apartándose de la ventana y metiéndose una mano en el bolsillo.

Ella se obligó a respirar.

–El piso de abajo es de vainilla con relleno de frambuesa por instrucciones de Hannah. Y hay fondant rosa... que he pintado a mano, por cierto. Pero la tarta de vainilla del centro está empapada en bourbon y miel. Y no hay ni una sola nuez en toda la tarta porque sé lo que te gusta.

–Bien. Que me envuelvan el piso del centro y me lo envíen a casa. Y también pueden mandarle a Hannah el suyo.

–No tienes que hacer eso. Puedes tirarla.

–Es comestible, ¿por qué iba a tirarla?

–Eh... porque era tu tarta de boda, de una boda que no se ha celebrado, y para la mayoría de la gente eso haría que... una tarta dejara de ser tan dulce.

Él se encogió de hombros.

–Una tarta es una tarta.

Clara apoyó la mano en la cadera y adoptó una expresión altanera intentando forzar una ligera sonrisa.

–Mi tarta es más que una mera tarta, pero te entiendo.

–Hemos hecho una fortuna con tus tartas, soy consciente de lo espectaculares que son.

–Lo sé, pero puedo hacer una nueva. Puedo hacer una que diga: «Condolencias por tu boda cancelada». Podríamos poner a un hombre encima sentado en un sillón reclinable viendo deportes en su pantalla plana sin ninguna novia a la vista.

El extremo de la boca de Zack se elevó suavemente y ella sintió una pequeña sensación burbujeante en su pecho, como si acabaran de quitarle un peso de encima.

–No será necesario.

–Podría ser algo nuevo que ofrecer en las tiendas, Zack –dijo sabiendo que el negocio era su tema favorito, independientemente de lo que hubiera pasado con su boda–. *Cupcakes* pequeños para cada ocasión.

–No estoy tan triste.

–¿No?

–No tengo el corazón partido, si eso es lo que te estás preguntando.

Clara frunció el ceño.

–Pero te han dejado plantado en el altar. La humillación pública es... bueno, nunca es divertida. Me pasó algo parecido en el instituto cuando mi pareja me dejó plantada en el baile. La gente me señalaba y se reía. Me sentí humillada. Fue todo muy parecido a la peli de *Carrie*, aunque sin la sangre de cerdo ni los asesinatos en masa.

–He de admitir que no ha sido el mejor momento de mi vida, Clara, pero tampoco el peor. Habría preferido que me hubiera dejado antes de subirme al altar con el sacerdote, mi esmoquin, y delante de casi mil personas, pero no es que esté exactamente hundido.

–Eso es... bueno, está bien –aunque asustaba un poco saber que podían abandonarlo justo antes de jurar sus votos y que él respondía con esa calma tan sobrecogedora. ¡Ella reaccionaba mucho peor cuando una receta no le salía como quería!

Pero Zack siempre había tenido una actitud muy zen. Cuando se conocieron, gracias a un *cupcake,* eso la había dejado impresionada desde el primer momento. Eso y sus preciosos ojos, aunque esa era otra historia.

Trabajaba en una pequeña pastelería en Mission District en San Francisco y él estaba buscando un nuevo local para su cadena de cafeterías. Había comprado unos *cupcakes* de mantequilla de cacahuete y plátano, el experimento de Clara del día, y su reacción, como todas las reacciones de Zack, no había sido exageradamente efusiva, aunque sí que había lucido un brillo en la mirada que apuntaba a algo más bajo esa fachada de calma.

Y había vuelto al día siguiente, y al otro. Ni por un momento ella había contemplado la idea de que estuviera yendo a verla y siempre había tenido claro que todo era por los *cupcakes*.

Y entonces le había ofrecido el doble de su sueldo para irse con él a su establecimiento insignia y preparar las recetas que quisiera en su maravillosa y equipadísima cocina. Así había empezado todo para ella y, a sus dieciocho años, eso le había supuesto un gran salto y le había permitido salir de la casa de sus padres, algo por lo que había estado desesperada.

El establecimiento Roasted número diez mil, el primero en Japón, acababa de abrir y estaba cosechando un impresionante éxito. Conceptualizar los dulces para ese establecimiento había sido un divertido desafío, al igual que todos los nuevos establecimientos internacionales.

Zack y ella no habían tenido vida desde que Roasted había empezado a despegar, nada que fuera más allá de café y creaciones. Por supuesto, Zack era el elemento principal de la empresa, el hombre que la había creado, el hombre que la había visto convertirse en un fenómeno mundial.

Había bebidas, granos de café y versiones reproducidas en masa de sus cupcakes y otras elaboraciones en todas las cadenas de alimentación más importantes de los Estados Unidos. Roasted era un nombre conocidísimo porque Zack estaba dispuesto a sacrificarlo todo en su vida personal para que eso sucediera.

Hannah había sido su mayor concesión al hecho de tener una vida personal, y esa relación había comenzado solo un año atrás. Pero ahora Zack la había perdido.

Sin embargo, no estaba hundido aparentemente. Probablemente ella estaba más hundida que él.

–No la quería –le dijo.

Clara parpadeó asombrada.

–¿Que no... la querías?

–Le tenía aprecio. Iba a ser una esposa perfectamente aceptable, pero no es que estuviera locamente enamorado de ella ni nada parecido.

–Entonces... ¿por qué? ¿Por qué ibas a casarte con ella?

–Porque me había llegado el momento de casarme. Tengo treinta años, Roasted ha logrado el nivel de éxito que esperaba y llega un momento en el que dar ese paso es lo más lógico. Yo llegué a ese momento y Hannah también.

–Pues parece que ella no.

Él la miró con aspereza.

–Parece.

–¿Sabes por qué? ¿Has hablado con ella?

–Puede venir a hablar conmigo cuando esté preparada.

Zack se habría reído de la expresión de Clara si hubiera visto algo remotamente divertido en la situación. Los titulares no serían amables y con tantos testigos hambrientos de fama, sobre todo por parte de la ausente novia, habría un montón de gente salivando por que su nombre apareciera en las publicaciones a cambio de ofrecer su versión de la boda del siglo que al final no había sido tal cosa.

Los ojos marrones de Clara brillaron como si fuera a llorar por él; tenía sus diminutas manos entrelazadas y los hombros hundidos. Estaba más arreglada de lo que él acostumbraba a verla. Sin embargo, sus exuberantes curvas, porque no estaba ciego y se había fijado, no se lucían del todo con un vestido que solo podía describirse como bonito y que parecía un poco de señora mayor.

Aunque, en realidad, esa forma de vestir le venía bien a él porque trabajaban juntos todos los días y no era asunto suyo formarse opiniones sobre su aspecto físico.

–Estoy bien.

–Lo sé, te creo –respondió ella.

–No, no me crees. O no quieres creerme porque tu sensibilidad no puede con el hecho de que me hayan roto el corazón.

–Bueno, uno debería amar a la persona con la que se va a casar, Zack.

–¿Por qué? Dame una buena razón por la que eso tenga que ser así. ¿Para que hoy pudiera estar más roto? ¿Para poder resultar más herido si hubiera aparecido y, al final, diez años de matrimonio hubieran entrado a formar parte de las estadísticas de divorcio? No le veo sentido.

–Y yo no le veo sentido a nada.

–No te he preguntado.

–Nunca lo haces.

–Es el secreto de mi éxito –dijo con un tono más brusco de lo que pretendía y la expresión de Clara lo reflejó–. Sobrevivirás a esto –añadió secamente.

Ella volteó la mirada.

–Estoy preocupada por ti.

–Pues no lo estés. No soy tan frágil. Dime, ¿se ha dicho algo en Internet sobre el nuevo local de Japón mientras estaba ocupado haciéndome fotos?

–Todo bien. Algunas de las fotografías que he estado viendo muestran que todo va genial.

–Bien. Eso significa que hay probabilidades de expandirnos por allí –se sentó en una de las sillas cubiertas con fundas de lino y adornadas con lazos rosas, también elección de Hannah–. ¿Y qué tal le van las cosas a nuestra diseñadora de tartas?

–Eh... bien. He estado muy ocupada haciendo la tarta de boda –Clara se sintió como si le diera vueltas la cabeza por el repentino cambio de tema.

Zack estaba sentado en la mesa presidencial como si estuviera en el escritorio de su despacho de la sede central de Roasted.

–¿Y?

–Tengo unas cuantas ideas, pero son recetas que llevan mucho trabajo y no son prácticas para la mayoría de los establecimientos.

–¿Los *cupcakes* llevan mucho trabajo?

Ella le lanzó una mirada letal.

–¿Por qué no pruebas a hacer tú una tanda y luego me dices qué tal te ha ido?

–No, gracias. Yo me limito a mis puntos fuertes y ninguno de ellos tiene que ver con hornear.

–Entonces confía en mí, llevan mucho trabajo.

–Bien. Mi objetivo es empezar a abrir locales más refinados en zonas más acomodadas. Tendremos cocinas más grandes, por lo que se podrá hornear más in situ.

–Podría funcionar. Tendremos que tener una plantilla más especializada.

–Bien. Me refiero a locales en Los Ángeles, Nueva York, París, Londres y sitios así. Serán locales más personalizados.

–Me gusta mucho la idea, aunque tampoco te importaría que no me gustara.

–Soy el jefe.

–Lo sé. Yo solo soy la vicepresidenta de elaboraciones –le contestó sacando a relucir una broma que habían iniciado en los primeros tiempos de la empresa.

Una sonrisa rozó los labios de Zack y a ella se le salió el corazón.

–Gran trabajo.

–Sí que lo es. Y no me pagas lo suficiente.

–Sí, claro que sí.

Le lanzó una mirada que no resultó tan intimidatoria como había pretendido.

–Bueno, sigue.

–Había concertado una cita para hablar con un tipo que tiene un gran terreno en Tailandia con pequeñas plantaciones de café y té. Todas sus plantas reciben muchos cuidados y eso se traduce en tés y cafés de una calidad extremadamente alta. Mi objetivo es cerrar un trato con él para que podamos obtener algunas mezclas de edición limitada. Las venderemos en los locales más selectos y las tendremos disponibles para venta *online*.

De todos los detalles que le dio, ella solo se centró en uno:

–¿No ibas a Tailandia de luna de miel?

–Ese era el plan.

No pudo evitar quedarse boquiabierta.

–¿Ibas a hacer negocios en tu luna de miel?

–Hannah también tenía trabajo. El tiempo no se detiene porque te cases.

–No me extraña que te haya dejado plantado en el altar –dijo lamentándolo al instante–. Lo siento. No quería decir eso.

–Pero lo has hecho y me parece bien. A diferencia de ti, Hannah no tenía ilusiones románticas, de eso puedes estar segura. Sus motivos para no haberse presentado hoy puede que tengan mucho que ver con alguna crisis en Wall Street. Incluso es muy probable que esté en su piso con su vestido de novia puesto y gritando obscenidades a la pantalla de su ordenador mientras ve cómo cae el precio de los granos de café.

Tenía que admitir que ese escenario era casi plausible. Hannah era toda frialdad, y Clara había oído cómo las conversaciones de esa mujer se habían puesto muy feas en situaciones de negocios tensas e incluso amenazas de amputar partes de cuerpos habían salido por su boca sin vacilar.

La admiraba por ello, por la intensidad con la que iba detrás de lo que quería. Lo había hecho con Zack y presenciarlo todo había sido inspirador aunque, más que nada, había sido deprimente. Porque Clara no era intensa y no había sido lo suficientemente fuerte para perseguir lo que quería. Nunca había sido lo suficientemente valiente para perseguir a Zack.

–Dudo que sea eso lo que ha pasado –dijo Clara, a pesar de no poder estar segura.

–He preguntado qué tal le iba a la diseñadora de tartas por algo.

–Oh –de vuelta al tema del trabajo.

–Estaba intentando asegurarme de que no te sientes desbordada por todo el trabajo que tienes.

–No. Crear recetas es la mejor parte de mi trabajo. He estado experimentando y haciendo degustaciones con nuestro equipo y tenemos algunas favoritas y otras que hay que mejorar. Y después tendré que estrechar la selección porque no será viable tener demasiadas variedades en el menú.

–¿Entonces esa es la versión alargada y detallada de decirme que no estás demasiado ocupada en este momento?

Ella le lanzó una mirada asesina. No tenía por qué ser tan cretino, por mucho que lo hubieran dejado plantado.

–No, no estoy demasiado ocupada.

–Bien, porque lo tenía todo organizado para viajar a Chiang Mai esta noche.

–¿Y necesitas que me asegure de que todo marcha bien en la empresa?

–No. Quiero que hagas las maletas porque vienes conmigo.

Le dio un vuelco el estómago.

–¡No hablarás en serio! No puedes estar pidiéndome que te acompañe en tu luna de miel.

–El viaje está reservado y tengo citas concertadas. No voy a cancelar la luna de miel solo porque mi novia se haya negado a presentarse –la miró, tal y como la había mirado miles de veces, pero en esa ocasión hubo algo... distinto. Más íntimo, más cercano. Tragó saliva con dificultad e intentó ignorar el hecho de que el corazón se le fuera a salir del pecho–. Creo que serás una sustituta más que aceptable.

Capítulo 2

NI AUNQUE la hubiera pegado podría haberle hecho más daño del que le hizo. ¿Una sustituta? El premio de consolación. La suplente de una Hannah alta y esbelta con los pómulos de una diosa.

Lo único peor que ver al hombre que lo significaba todo para ella unirse a otra mujer era ser la mujer con la que él había terminado conformándose.

Y ahora Zack estaba situándola en esa posición. Le dieron ganas de vomitar.

–No soy la sustituta de nadie, Zack. Y, si estás sugiriendo que lo soy, entonces creo que nos hemos acomodado demasiado el uno con el otro.

Se dio la vuelta y salió del hotel dejando la tarta. ¡No le importaba la tarta!

Había sido un día algo fresco, pero ahora con el sol bajo el horizonte, el aire que venía de la bahía era bastante frío. Lo cual estaba bien porque, así, si alguien veía que le temblaban los labios, pensarían que era por el frío.

No quería verse tan afectada y menos por algo que ni siquiera era intencionado porque, tratándose de Zack, sabía que no lo era. Zack no era cruel, simplemente no era tan sensible y pensaba que nadie más lo era.

Para él todo era muy superficial, nada le calaba hondo. Nada parecía desbaratarlo, ni siquiera por un momento. Ni siquiera su boda anulada.

Bueno, el caso era que ya le habían hecho demasiado daño en la vida como para saber que las cosas podían ponerse muy dramáticas si no le dificultaba a la gente la posibilidad de herir sus sentimientos. Pero ya que sus sentimientos hacia Zack eran un revoltijo constante, sus reacciones a cualquier cosa que lo implicara a él siempre eran intensas. La mayor parte del tiempo, sin embargo, eso lograba ocultárselo a Zack e incluso a sí misma.

–Clara.

Se giró y lo vio justo detrás. No le dijo nada. Se cruzó de brazos y le clavó su mejor mirada.

–Eres la segunda mujer que me abandona hoy.

Ella se ruborizó.

–Esa comparación no es muy halagadora teniendo en cuenta que has empleado la palabra «sustituta» refiriéndote a mí.

–No quería decir eso.

–Entonces, ¿qué querías decir?

–Que necesito a alguien que me acompañe y la verdad es que, dadas las circunstancias, eres mejor para esto que mi ex prometida.

Durante un segundo, solo pudo pensar en una cosa que esa frase pudiera significar y por su mente pasaron imágenes de unas manos bronceadas sobre una pálida y desnuda cadera. Unos labios masculinos sobre un cuello femenino. La sangre le recorrió el cuerpo con fuerza y se precipitó hacia sus mejillas haciendo que le ardiera la cara.

–¿Qué?

–Hannah es inteligente, no me malinterpretes, pero no conoce este negocio como tú. Tal vez sabe de los precios de las acciones, pero estará bien tenerte a mano para darme una opinión sobre el mercado y el sabor.

Negocios. Estaba hablando de negocios. Y, de algún modo, para Zack, el negocio parecía más importante que el romanticismo y que hacer el amor en su luna de miel.

Había algo distinto en su expresión, una luz oscura detrás de sus ojos grises. Lo había visto prácticamente todos los días durante los últimos siete años y conocía sus expresiones y sus estados de ánimo tanto como conocía los suyos propios, pero ese que tenía delante era un Zack distinto, más duro e intenso. Qué raro... Aunque, en realidad, todo el día en sí había sido raro.

La había enfadado mucho y no era la primera vez. A veces era un verdadero fastidio, aunque también era el hombre más inteligente que conocía y con una mordaz agudeza que la hacía divertirse mucho. Era una de las pocas personas que nunca había dudado de que sus ideas fueran buenas.

Si no iba con él, se pasaría las siguientes noches sola, leyendo y experimentando con recetas de *cupcakes* y relamiendo la masa de la espátula. Sería un entretenimiento divertido y seguro, pero no como el que podría encontrar en Tailandia.

De nuevo esas imágenes eróticas y explícitas la asaltaron. No, esa no sería la diversión que tendría en Tailandia. Zack jamás la había visto de ese forma y, en cierto modo, ella lo prefería. Por mucho que se hubiera quedado prendada desde el principio, no se había esperado tener nada con él.

Se había sentido cómoda siempre que había estado a su lado, en el trabajo todos los días, en cenas y muchas otras cosas. Zack había estado presente en cada faceta de su vida, tanto en casa como en el trabajo.

Pero entonces había llegado Hannah, había ocupado todo su tiempo y Clara había dado por hecho que él la amaba. Se había sentido terrible y celosa, lo cual no tenía sentido porque jamás había intentado sobrepasar los límites de la amistad con él. Así que tampoco podía decirse que Hannah se hubiera metido en su territorio, pero se había sentido tan celosa al mirarlos a los dos que el estómago le había dado vueltas y había sabido que aunque jamás pudiera llegar a tener a Zack, no quería que nadie más lo tuviera tampoco.

Lo cual era estúpido e infantil. Tan estúpido como irse con un hombre en su luna de miel para tratar unos asuntos de negocios.

Tenía que ir a revisarse la cabeza. Necesitaba algo de cordura. Tal vez el problema era que Zack ocupaba todos los espacios de su vida y eso tenía que cambiar.

Pero solo pensar en alejarlo hacía que un intenso dolor la recorriera. Era adicta a él.

–De acuerdo. Iré porque preferiría tener unas vacaciones pagadas en Tailandia que pasar la semana en la oficina y organizando la devolución de todos tus regalos de boda.

–No pienso devolver mis regalos de boda.

–No puedes quedártelos, Zack.

–Claro que sí. Puede que algún día necesite un procesador de alimentos. ¿Qué hace un procesador de alimentos?

–Algún día te lo enseñaré. En fin, que sí, iré contigo –contestó con una pícara sonrisa.

–Excelente. Parece que, después de todo, no pasaré solo mi noche de bodas.

Probablemente no estaba bien que se metiera con Clara, pero le gustaba cómo se encendían sus mejillas cada vez que colaba alguna insinuación en la conversación. Y, sinceramente, después del día que había tenido necesitaba divertirse.

Pero la diversión no había sido su objetivo primordial cuando le había soltado la frase de la noche de bodas delante del hotel, sino que había sido su intento de subsanar el comentario sobre el hecho de que fuera una sustituta. A decir verdad, se divertía más con Clara que con Hannah. Y no porque no le gustara Hannah, todo lo contrario, pero no había estado a punto de casarse con ella por la compañía que le daba, precisamente.

Ella había necesitado un marido que la ayudara a ascender por la escalera corporativa, un poco de testosterona para ayudarla a desenvolverse en un territorio dominado por los hombres. Y para él, por su parte, una esposa como ella era una ventaja por muchos motivos.

Pero Clara no era su esposa. En muchos sentidos era mejor y no había pretendido herir sus sentimientos.

Había estado muy callada en el trayecto desde el hotel hasta su casa junto a la bahía y, una vez allí, había corrido a su habitación para hacerse la maleta realmente rápido.

Zack se sentó en el sillón de piel blanco que estaba frente a la diminuta televisión. Ese lugar no tenía nada que ver con su casa. El *home cinema* había sido su primera gran adquisición cuando Roasted se había vuelto un negocio solvente mientras que la de Clara había sido una batidora industrial para su cocina, que era donde residía todo su arsenal de alta tecnología. Tenía un horno con más botones que una cadena estéreo.

–Lista –él alzó la mirada y se le hizo un nudo en el estómago.

Clara estaba de pie al final del pasillo con una gran

bolsa rosa de piel colgada del hombro, unos vaqueros oscuros que se ceñían a la curva de sus caderas y un jersey de punto negro que dibujaba la forma de sus generosos pechos. Y, ya que al final no se había casado, iba a darse el capricho de mirarla un rato más de lo habitual. Se había fijado en su cuerpo antes, pero nunca se había permitido mirarla como un hombre mira a una mujer. No sabía por qué estaba permitiéndoselo ahora; tal vez era como un premio a cambio del día que había tenido. O tal vez era todo culpa del agotamiento, que le hacía olvidar sus reglas.

Clara era una empleada. Clara era una amiga. Clara no era una amante potencial y, normalmente, eso significaba que no podía mirarla como si fuera a serlo.

Pero esa noche no era normal. ¡Ni por asomo!

–Bien –se levantó e intentó suavizar su interés por su cuerpo, pero era un hombre. Un hombre que llevaba mucho tiempo en celibato. Un hombre que llevaba mucho tiempo esperando un alivio y que había quedado tristemente decepcionado.

–¿Vamos en el jet de la empresa? –le preguntó ella sonriendo y enarcando una ceja perfectamente depilada.

Era preciosa y no solo por sus curvas. No solía pararse a admirar su físico muy a menudo porque era alguien que siempre estaba ahí, cada día, pasara lo que pasara. Y cuando una persona siempre estaba ahí, uno no se paraba a mirarla con mucha frecuencia.

Pero ahora estaba mirándola. Su rostro era algo redondo, su piel pálida y suave. Sus ojos, marrones oscuros y grandes, estaban enmarcados por unas oscuras pestañas que contrastaban con el tono caoba de su pelo. Y sus labios... carnosos y suaves y de un tono rosado muy delicado.

Contemplar sus rasgos era una agradable distracción, sobre todo ahora que estaba a punto de enfadarla mucho, mucho. Normalmente no le importaban los sentimientos de los demás, no lo suficiente como para perder el sueño por ello; él regía su mundo y no cuestionaba sus decisiones, pero Clara era distinta. Siempre había sido distinta.

–Hay algo que no te he dicho aún –y habría sido sensato guardárselo hasta que Clara hubiera subido al avión y se hubiera tomado una o dos copas de champán.

–¿Qué? –le preguntó estrechando los ojos.

–Hoy tendría que haberme casado.

–Sí.

–Hoy tendría que haberme ido de luna de miel con mi mujer. Y ahora, aquí estoy, sin esposa y sin orgullo.

Ella enarcó una ceja y su boca se torció en una áspera expresión.

–¿Qué pasa, Zack?

–Necesito que me acompañes, más que como amiga en lo que respecta a Amudee.

Ella sacudió la cabeza y soltó la bolsa sobre el suelo de madera.

–Eso es... ¡es una locura! ¿Quién se iba a creer que ya has empezado una relación con otra persona?

–Todo el mundo, Clara. Soy un hombre que se encuentra en la agonía de un corazón roto. Todo el mundo está al tanto de nuestra relación profesional, de nuestra amistad. ¿Es tanta locura pensar que, después de haber sufrido esta decepción amorosa, haya mirado a mi mejor amiga y haya encontrado en ella algo más?

Oírlo decir algo que se acercaba tanto a sus fantasías resultaba doloroso.

–No. No, no pienso entrar en este juego. Es ridículo, Zack. Ve tú solo.

–No puedo.

–¿Por qué?

–Mira, mi orgullo sobrevivirá, pero si me presento allí solo y sin mi esposa como un perdedor solitario que no ha podido mantener a su lado a su novia, ¿quién querrá cerrar un trato comercial conmigo?

–Pues ofrécele más dinero.

–Ese es el problema con Amudee. Para él el dinero no es lo principal. Si pudiera extenderle un cheque de mayor valor, lo haría, pero no se trata solo de eso. Se trata de la gente, de la clase de gente con la que quiere hacer negocios, y yo soy ese hombre. Me importa mucho el trabajo que está haciendo en Tailandia. Tengo que dar la impresión de llevar las riendas de mi vida y no dejaré que un desliz como Hannah lo eche a perder.

Ella sacudió la cabeza.

–No. Zack...

–Si pierdo el trato por esto...

–¿Estoy despedida? Lo dudo. No puedo imaginarme que renuncie a este acuerdo solo porque no te hayas casado.

–Este proyecto es algo enorme para él, es el trabajo de su vida. Ha volcado toda su fortuna en esto. Tiene grandes principios y, sí, mucho tiene que ver con llevar dinero a Tailandia del Norte para la gente que vive allí, pero no se meterá en un negocio si no está seguro al cien por cien. No puedo permitirme que se reduzca al noventa y nueve por ciento. Te necesito.

–Pues compra los granos a otro. A alguien que no le importe el estado de tu vida personal.

–No hay nadie más. No con un producto como

este. Entiende la base sobre la que he construido Roasted, sabe que siempre ha sido mi objetivo encontrar pequeñas granjas familiares con las que negociar. Es un filántropo y lo que ha hecho es darles a distintas familias de Tailandia del Norte sus propias tierras para cultivar. Allí cultivan café y té de la mayor calidad y yo quiero lo mejor. No quiero conformarme con menos.

Clara se agachó y recogió su bolsa del suelo. Odiaba lo que Zack le estaba proponiendo, no solo porque no le entusiasmara la idea de mentirle a alguien durante una semana, sino también porque la idea de jugar a ser su amante durante una semana la ponía enferma.

Había hecho un buen trabajo, un trabajo buenísimo, fingiendo que lo único que sentía por Zack era amistad a la que se le añadía una exitosa relación profesional. Había fingido, no solo por él, sino por ella también porque no quería desear a un hombre que estaba tan fuera de su alcance. Un hombre que salía con mujeres que eran sus polos opuestos tanto en físico como en personalidad. Mujeres altas y delgadas, rubias, con estilo y controlándolo todo en todo momento, igual que él.

Desear a Zack era un sueño imposible.

Y sí, había sido especialmente difícil ignorar esos sentimientos prohibidos una vez se había anunciado su compromiso, pero aun así, lo había logrado. Si hasta le había hecho su tarta de boda, ¡por el amor de Dios!

Pero esto era pedirle demasiado incluso tratándose de él. Ir a un destino romántico, fingir que estaba experimentando su fantasía más profunda le parecía algo demasiado masoquista.

Y aun así le costaba decirle que no cuando, por

mucho que le daba rabia que le hubiera pedido algo así, esa oportunidad le daría una experiencia extraña y única con él.

Y especialmente cuando todo ello supondría tanto para el futuro de Roasted porque, para que ella tuviera éxito profesional, la empresa tenía que triunfar.

Zack era la razón por la que no salía con nadie. No porque como jefe la tuviera ocupada todo el tiempo trabajando, aunque durante mucho tiempo había fingido que esa era la razón, sino porque los sentimientos que sentía por él eran demasiado complicados y ella se dejaba pisotear.

Le había hecho la tarta de boda y, ¿qué había pensado que pasaría después? ¿Iba a quedarse en Roasted después de que Zack se hubiera casado? ¿Jugaría a ser la tía Clara de sus hijos? ¿Se quedaría mirando cómo él vivía una vida tan plena y ella moría virgen y con un horno de convección como única compañía?

¡Qué asco!

¿Y ahora iba a acompañarlo a Chiang Mai para desempeñar el papel para el que sabía que él jamás la tendría en cuenta?

Lo que había pensado en el hotel un momento antes era cierto: no era sano tenerlo en todas partes. Era su jefe y su mejor amigo. Llenaba sus horas laborales y personales e incluso cuando no estaba cerca, estaba en sus pensamientos. Zack tenía citas, tenía una vida que no la incluía a ella y ella... no tenía nada de eso. No podía seguir así. Debía buscarse una vida.

–Si hago esto... Si hago esto, entonces será lo último que haga en Roasted –pensó en la pastelería con la que llevaba meses soñando desde que Zack y Hannah se habían comprometido. Una mera fantasía de escapar de esa dolorosa realidad en un principio, aunque ahora sentía que necesitaba hacerla realidad. Tenía que marcar límites y tener algo que fuera suyo. Solo suyo.

–¿Qué?

–Que si voy contigo como chica de compañía, ahí acaba todo. No es la primera vez que he pensado en esto.

Cuando él había entrado en la oficina con Hannah y había anunciado oficialmente el compromiso, ella había estado a punto de entregarle su carta de dimisión en ese mismo momento aunque, por supuesto, su sonrisa y su encanto la habían detenido. Porque en su mente era mejor que él solo le diera migajas a que otro hombre se lo diera todo. Porque estaba tan unido a su vida que era lo primero en lo que pensaba por la mañana, su compañero constante durante el día y era su rostro lo último que veía antes de quedarse dormida.

Lo era todo.

Y la verdad de la situación era que mientras que Zack se preocupaba por ella, e incluso la quería probablemente como a una hermana pequeña, ella no lo era todo para él.

–¿Qué demonios...?

–Estoy teniendo una revelación, espera.

–¿Podrías no tenerla?

–No. Lo siento, Zack. Esto ha estado... Esta idea lleva tiempo asaltándome y sé que no es ni el mejor momento ni la mejor manera de decirlo, pero tengo que hacerlo.

–¿Por qué?

–Porque... ¡Porque me está consumiendo la vida! –explotó–. Y si no queda completamente claro por el hecho de que estoy accediendo a dejarlo todo para volar a Asia en tu luna de miel ocupando el lugar de tu prometida y fingiendo ser tu nueva novia... bueno... no puedo ayudarte.

–No. No estoy de acuerdo.

–¿Y qué más da, Zack? No puedes forzarme a seguir en mi trabajo.

Él la miro como buscando una excusa que le diera esa autoridad.

–Y voy a necesitar un buen finiquito también. Quiero abrir mi propia pastelería.

–¡Ni se te ocurra! –bramó de un modo que nunca antes lo había oído.

–¡Claro que sí!

–Nada de competencia.

–¿Qué?

–En el contrato firmaste que no me harías la competencia.

–Una pastelería no competiría con Roasted, la verdad.

–Podría, sobre todo porque tendríamos un menú de postres muy similares ya que tú has planificado todos los míos.

–No estoy hablando de una cadena de pastelerías por todo el mundo, solo digo que quiero abrir una que pueda dirigir yo misma, aquí en San Francisco. Algo personal, algo mío. Algo que me diera la oportunidad de tener una vida.

–No.

Fue asombroso ver la transformación de Zack; se habría esperado esa reacción por el hecho de que Hannah no se hubiera presentado a la boda, pero no porque ella le estuviera pidiendo dejar el trabajo. ¿Qué había sido de su control? Él siempre mantenía el control. Siempre.

Menos ahora.

–Entonces no iré contigo. Y tengo la sensación de que una compañera femenina es un poco más importante de lo que haces ver. Te conozco demasiado como para que me lo puedas ocultar.

Sus ojos grises resplandecieron en la tenue luz del apartamento.

–Sand Dollar Coffee está compitiendo por la oportunidad de conseguir los mismos tuestes y el señor Amudee, un hombre de lo más tradicional, le dará preferencia a su director ejecutivo. Martin Cole estuvo en la villa junto con su mujer y sus cuatro hijos durante una semana y el señor Amudee quedó encantado con ellos.

–Entonces sí que me necesitas. Me necesitas para que Amudee sepa que eres un machote que puede tener lo que quiera siempre que quiera. Somos amigos, Zack. No sé por qué esto tiene que ser así... No puedo seguir con esto. Ibas a casarte, deberías hacerlo.

–¿Quieres casarte?

A ella se le hizo un nudo en el estómago.

–No necesariamente, pero ni siquiera tengo la esperanza de lograrlo trabajando sesenta horas semanales. Y ya que no creo en acuerdos prácticos, como el que teníais Hannah y tú, eso impedirá que tenga una relación de éxito.

–De acuerdo, pero quédate hasta que esté cerrado el trato con Amudee, ¿entendido? Necesitaré que estés a mi lado como mi supuesta amante hasta que la tinta de la firma del contrato se haya secado.

Era una actitud fría y mercenaria, pero resultaba tentador interpretar ese papel y sumirse en ese juego durante un tiempo. Solo pensarlo hacía que un cosquilleo la recorriera.

«No. No puedes olvidar que esto para él solo es un juego y negocios».

–Sí. No te decepcionaré. Si digo que voy a hacer algo, lo hago.

–Lo sé.

–¿Y cuando todo acabe?

–Podrás abrir tu pastelería. Me aseguraré de que eres recompensada por el tiempo que has pasado aquí.

Clara extendió la mano.

–En ese caso creo que tenemos un trato.

Capítulo 3

ZACK se recostó en el asiento de su avión privado y miró el líquido ámbar de su vaso. Las turbulencias hacían que el alcohol se removiera lanzando su fuerte aroma al aire. No se veía tentado a dar un trago; él no bebía, pero la azafata se habría enterado del desastre de su boda y habría dado por hecho que podría necesitar una copa.

Miró hacia Clara, al otro lado del ancho pasillo, que estaba sentada en un sillón de piel mirando fijamente la pantalla táctil de su teléfono.

–¿Un buen libro?

Ella alzó la cabeza.

–¿Cómo has sabido que estaba leyendo?

–Porque tú siempre lees.

–Los libros son mejor compañía que los jefes ariscos.

–¿Y son mejor compañía que las empleadas retorcidas? Si es así, tal vez debería leer más.

–No lo sé.

–Mira, te he dado lo que pediste.

–Después de una discusión bastante desagradable.

–Porque no quiero perderte.

Una extraña expresión se encendió en sus ojos marrones.

–De acuerdo.

–Llevas aquí desde los inicios de Roasted y has

sido clave para el éxito de la compañía así que, por supuesto, no quiero perderte.

Ella volvió a mirar su teléfono.

–Bueno, no puedo vivir toda mi vida para hacerte feliz.

Él frunció el ceño.

–Y no ha sido el caso, ¿verdad?

–No –respondió algo reacia.

Bajó el teléfono, estiró las piernas y los brazos, arqueó la espalda y sacó el pecho hacia delante. Al verla, el cuerpo de Zack se tensó y su sangre le recorrió las venas más deprisa y con más calor que antes. Era el resultado directo del hecho de que esa noche, en ese mismo avión, tendría que haber roto su celibato y que eso ya no sucedería. Aun así, su cuerpo y su mente no seguían el mismo camino y era un inconveniente teniendo en cuenta que ahora estaba fijándose en los pechos de su amiga, básicamente los únicos pechos que estaban fuera de su alcance en todo el mundo.

Y mayor inconveniente aún teniendo en cuenta que pasarían la semana en Chiang Mai en un alojamiento aislado y precioso para recién casados y que, poco después, ella dejaría la empresa.

Pero eso no pasaría y se aseguraría de ello. Le ofrecería todo lo que tuviera que ofrecerle a cambio de que se quedara. No estaba seguro de cómo la convencería, solo sabía que lo haría. Había logrado con éxito sacarla de su antiguo trabajo en una pastelería y eso que por entonces únicamente tenía un puñado de cafeterías a su nombre. No le quedaba duda de que ahora podría retenerla sin problema cuando tenía tantos recursos a su disposición. Podría darle todo lo que quisiera, más libertad, más tiempo libre.

Además, era su amiga y jamás lo abandonaría. Simplemente estaba enfadada por esa farsa de la prometida, pero se le pasaría. Siempre se le pasaban los enfados. No era la primera vez que la había enfadado y tampoco sería la última, pero tenía claro que no lo abandonaría.

Él era un genio negociando y nunca perdía. Era bueno manteniendo el control, tanto de su vida, como de su negocio.

–La propiedad en la que nos alojaremos es increíble, al parecer. Bordea Chiang Mai y tiene un balneario. Es básicamente un complejo turístico, pero el propietario tiene que invitarte para poder alojarte allí. Es muy exclusivo.

La única respuesta que obtuvo fue silencio.

–He oído que también tienen unicornios con cascos de oro. Te encantará.

La oyó contener una risita burlona y se inclinó hacia delante para mirarla a la cara, para ver las sombras que rozaban la palidez de su piel bajo sus ojos.

–¿Estás cansada?

Ella se recostó en su sillón.

–Ni te lo imaginas.

–Hay un dormitorio –y al decirlo, la sangre se le aceleró de nuevo–. Podrías tumbarte un rato si quieres.

–¿Cuánto tiempo tenemos?

–Diez horas más.

–Sí, necesito dormir –se levantó e hizo otro pequeño estiramiento que acentuó sus pechos.

Clara necesitaba algo más que dormir. Tenía que salir de ese diminuto y limitado espacio que compartía con Zack y sus ardientes feromonas que estaban destruyendo su sentido común... si es que le quedaba algo. Bueno, sí que le quedaba algo y lo había empleado en pedirle que la dejara marchar.

Marchar de su trabajo para poder tener la oportunidad de seguir adelante con su vida porque Zack no se había casado con Hannah, y eso estaba bien, pero se casaría con otra. Lo había decidido y cuando Zack decidía algo, lo hacía. Eso significaba que sucedería en un futuro cercano, sobre todo ahora que sabía que el amor no era necesario para que dar ese paso.

Resopló.

–¿Qué?

–Nada.

–La palabra que más miedo puede darle a un hombre viniendo de los labios de una mujer.

–Sexista.

–Prefiero «realista», pero eres libre de llamarlo como quieras.

–Dime una cosa, Zack.

–¿Qué? –le preguntó él enarcando una ceja.

–Entiendo que volverás a probar lo del matrimonio.

–Si encuentro a la mujer adecuada.

–Y con eso no te refieres a la mujer que ames, ¿verdad?

Algo cambió en la postura de Zack, sutil pero obvio para ella; sus hombros se tensaron bajo su camisa sastre y sus ojos también cambiaron. Había algo oscuro en ellos, algo que no había visto nunca antes. Lo había sentido, una intensidad acechando bajo su frío exterior, pero nunca lo había visto tan claramente.

Tanta intensidad casi resultaba aterradora y transformaba en un frío extraño a un hombre al que había visto cada día durante siete años.

–Yo no me enamoro, Clara. Nunca –centró la atención en el periódico que tenía sobre su regazo–. Buenas noches.

–Acabamos de aterrizar.

Clara se incorporó y se apartó de los ojos su melena de ondas caoba. Parpadeó unas cuantas veces y vio el rostro de Zack. Por un momento, no hizo nada. Ni se movió ni respiró, solo se concentró en su cara.

Era la primera vez que se despertaba al lado de un hombre. Sí, bueno, no estaba despertándose junto a un hombre en el sentido tradicional, pero era una imagen muy agradable que ver por la mañana. Eso, contando con que ya hubiera llegado la mañana porque no tenía ni idea.

–¿Qué hora es?

–Son las diez en punto, hora local.

–¡Oh, no! ¿Por qué me has dejado dormir?

–He intentado despertarte.

–No, no lo has hecho.

–Sí, lo he hecho, pero estabas profundamente dormida.

Sintió una pequeña decepción; ojalá la hubiera despertado y se le ocurrían muchas formas distintas en las que podría haberlo hecho.

«No. Mal. No vayas por ahí».

–¿Tú no has dormido?

–No, pero yo no duermo mucho.

Eso no la sorprendió. Nunca le había preguntado por sus hábitos de sueño, pero no parecía la clase de hombre capaz de dormir bien. Tenía demasiada energía como para parar por un momento y cada vez que se lo había imaginado en la cama, no habían sido imágenes de él durmiendo.

–¿Estamos en el aeropuerto? –le preguntó asomándose por la ventanilla y confundida por la oscuridad que había fuera.

–Más que aeropuerto, yo diría pista de aterrizaje. Estamos en la propiedad del señor Amudee. Está a espaldas de la ciudad, pero hay mucho bosque entre su tierra y la civilización.

–Oh.

–Hay un coche esperándonos y tu equipaje ya está cargado. Si es que se le puede llamar equipaje...

Ella se levantó y sus pechos casi rozaron su torso. No había calculado bien la distancia y se le hizo un nudo en la garganta que casi la atragantó.

Zack, sin embargo, no pareció afectado lo más mínimos por ese contacto y simplemente le lanzó una de sus pícaras sonrisas; ahora todos los fantasmas que había visto en su mirada antes de irse a dormir se habían esfumado dejando tras de sí únicamente ese brillo que tan familiar le resultaba.

–No he tenido... –tuvo que respirar hondo porque estar tan cerca de él parecía robarle el aliento–. No he tenido mucho tiempo para hacer la maleta. De lo contrario podría haber preparado tanto equipaje como el de tus amiguitas.

–Tú no te pareces en nada a las mujeres con las que salgo. Tú no eres de las pijas y eso me gusta de ti –se giró y salió del dormitorio delante de ella.

Lo que había querido decir con eso era que ella no era guapa. Que no era como las mujeres con las que salía. Las mujeres con estilo, angulosas y con pómulos perfectos.

Su madre era así y su hermana también. Altas, con piernas largas y unas caderas más prominentes que sus pechos. Y ese era el look que desfilaba por las pasarelas, el que estaba de moda, sobre todo en el sur de California.

Y ella no tenía ese aspecto. Tenía curvas, muchas, unos pechos para los que no solía encontrar sujetadores tan grandes en las boutiques de moda y su vientre era un poco redondeado. Ni siquiera estaba segura de haberse visto nunca las costillas.

Estar junto a las mujeres de su familia la hacía sentirse... inadecuada. Y grande. Y baja. Había intentado subsistir a base de calabacín y agua como su madre y su hermana pero, sinceramente, se había encontrado fatal y había decidido que sentirse sana era mucho mejor que perder kilos.

Por supuesto, esa decisión no borró toda una vida de inseguridades porque esa inseguridad no se limitaba al peso.

–Genial. Me alegra ser tan... fácil.

La puerta del avión se abrió y una escalera descendió hacia el asfalto. Zack esperó a que bajara primero y ella pasó por delante sin mirarlo, como si no se viera afectada por el ligero aroma de su perfume.

–Yo no te llamaría fácil.

Clara se detuvo en el tercer escalón y se giró para mirarlo.

–No quería decir eso.

–Yo tampoco –contestó él con una expresión de inocencia.

–Oye, ¿estás decidido a volverme completamente loca todo este viaje? –siguió bajando los escalones y saltó sobre el asfalto mientras el suave aire de la noche le rozaba las mejillas.

–Se supone que somos pareja.

–Vale.

Se mostró reacia a entrar en el resplandeciente coche negro aparcado junto al avión porque no soportaba la idea de volver a estar encerrada en un sitio pequeño con él. Necesitaba respirar, pensar, y no podía hacer ninguna de esas dos cosas estando cerca de él.

Darse cuenta de ello no hizo más que reforzar su decisión de seguir adelante con su vida alejándose de Roasted aunque, por otro lado, era una idea que la entristecía y la hacía encontrarse mal. Roasted había sido su vida desde que Zack la había contratado y nada podría llegar a parecerse a esas ganas constantes de inventar más y más, de descubrir sabores, de ser más creativa...

Pero tenía que alejarse. Había pasado de estar con sus padres a estar con Zack, que ahora para ella representaba la seguridad y la comodidad, además de otras muchas cosas que no eran ni cómodas ni seguras. Pero quedarse con él no la animaría a seguir adelante y avanzar.

Zack le abrió la puerta del coche y entró tras ella.

–¿Discutes con tus novios?

Debería saber que ella nunca había tenido novios.

–¿Cuántas relaciones largas he tenido, Zack?

–Bueno, Pete se pasaba mucho a verte hasta que tuvo que mudarse por trabajo.

–¿Pete? Era un amigo del instituto. Y yo no era su tipo, no sé si me entiendes...

–¿No eras rubia?

–Ni tampoco hombre.

–Oh.

–No he tenido muchas relaciones largas –más bien, ninguna–. Y, si quiero entrar en esa fase de la vida, entonces necesito estar menos consumida por el trabajo.

A él se le tensaron los músculos de la mandíbula.

–Pero no ganarás tanto dinero dirigiendo tu propia pastelería.

–Lo sé, pero ya tengo bastante dinero. ¿Cuánto necesito? ¿Cuánto necesitas tú?

Hubo una pausa. Zack apretó el puño sobre el asiento de piel y se relajó al instante.

–Más. Solo... un poco más.

–Pero luego nunca tendrías suficiente.

–Si no es por eso, ¿por qué iba a trabajar?

–Buena pregunta. Aunque supongo que el hecho de tener una esposa supondría... algo. Cuando encuentres una nueva, claro. ¿Por casualidad no tendría Hannah una hermana igual de eficiente?

–No, que yo sepa.

Ella chasqueó los dedos.

–¡Vaya!

–Que eso no te haga perder el sueño.

–De todos modos esta noche no voy a dormir porque no me has despertado en el avión.

–Porque duermes como un tronco y roncas como una morsa.

–Tal vez por eso mis relaciones no duran mucho –contestó secamente. Ningún hombre la había oído roncar, pero eso no iba a admitirlo.

–Lo dudo.

–¿Sí?

Él la miró fijamente y algo cambió. El aire pareció arder, como si una chispa se hubiera prendido en unas hojas secas. Fue extraño, sobrecogedor y electrizante. No quería que esa sensación terminase.

–¿Por qué? –le preguntó desesperada por oír más, aunque un poco temerosa también.

–Porque un poco de ronquidos no disuadiría a un hombre que hubiera tenido el placer de compartir tu cama.

Ella respiró hondo y miró por la ventanilla hacia la

selva teñida de negro. Se sentía mareada. Se sentía... ardiente.

–Bueno, gracias.

Zack se rio; fue un sonido rico, como el mejor garnache de chocolate, y un capricho igual de poco saludable.

–No pareces muy cómoda con el cumplido.

–Tú y yo no hablamos de esas cosas.

–Solo porque el tema nunca había surgido.

–¿Roncas? –le preguntó Clara.

–No, que yo sepa.

–Entonces tu carencia de relaciones largas no tiene ningún sentido.

Él enarcó una oscura ceja.

–¿Eso ha sido un cumplido?

–Más bien un comentario sobre la transitoria naturaleza de tu vida amorosa.

–Me siento herido.

–Bueno, tal vez viendo todo lo que ha pasado hoy no ha sido lo mejor que podía haber dicho.

–Nunca has tenido pelos en la lengua, no empieces ahora.

–No conozco otra forma de ser.

–Eso sí que puede tener algo que ver con tus relaciones cortas.

Ella se giró para mirarlo y su corazón se detuvo. Estaba mirándola como si fuera un regalo especialmente interesante, uno que le gustaría probar.

El coche se detuvo y Clara casi dio las gracias por ello porque necesitaba distancia. La necesitaba desesperadamente.

–Bueno –dijo Zack abriendo la puerta–. Hora de ir a ver nuestra suite nupcial.

Capítulo 4

LA VILLA nupcial era la viva imagen del romanticismo. El muro del jardín estaba rodeado por árboles densos y verdes, parras y flores que lo cubrían añadiendo color y dejando claro que ahí regía la naturaleza y no el hombre. Había un cuadro de mandos en el portón y Zack introdujo un código, lo cual, por otro lado, recordaba que la mano del hombre estaba por toda la propiedad.

–Qué bonita –dijo ella cuando los portones se abrieron dejando ver un gran jardín. La villa era blanca con un tejado tallado en madera y motivos dorados que se alzaba hacia las copas de los árboles.

–El señor Amudee había planeado regalarnos a Hannah y a mí unos días de felicidad conyugal antes de reunirse conmigo, así que se aseguró de darme el código y de que la casa estuviera preparada.

Clara intentó no pensar en Hannah y Zack utilizando ese nido de amor y, sobre todo, intentó no pensar en Zack y ella misma utilizándolo con ese propósito.

Lo intentó de verdad porque esas fantasías no servían para nada, lo único que le habían dado hasta ahora habían sido noches de viernes solitarias y mucha falta de sueño.

–Qué considerado.

–Sí. Creo que también tiene algunas actividades planeadas para nosotros.

Oh, genial.

Siguió a Zack por el amplio jardín hacia las puertas dobles talladas de la villa y tocó una de las flores grabadas.

–Son preciosas. Ojalá pudiera reproducir este diseño con cobertura.

–Con mucho gusto participaría en ese experimento –abrió las puertas y esperó a que ella entrara delante.

–Pareces quedarte en la cocina mucho más rato cuando estoy poniendo en práctica mis aptitudes culinarias.

–Porque yo no sé.

–Podría enseñarte, tal vez después de enseñarte a usar un procesador de alimentos.

–Creo que voy a pasar. Además, soy un soltero. Ten piedad de mí. No pensaba ser soltero después de hoy, pero lo soy, y ahora sigo necesitando que mi mejor amiga cocine para mí.

–Y, probablemente, que te haga la colada.

–No me importaría.

–Pues no pienso hacerte la colada.

Zack cerró la puerta y al, verse a solas con él, Clara sintió que no podía respirar, y eso a pesar de no ser la primera vez que se quedaban a solas porque lo habían hecho cientos de veces. Se habían quedado en la oficina hasta tarde muchas noches, cocinando en su apartamento y en el lujoso ático de él viendo películas.

Pero ahora no estaban en San Francisco. Era un mundo totalmente distinto... y peligroso.

Miró hacia los techos tallados de los que caían cortinas sedosas que dividían las estancias dotando al lugar de una sexy ilusión de privacidad sin llegar a darla.

Y en mitad de esa ilusión estaba Zack, que llenaba todo el lugar con su presencia, con su único aroma que se entremezclaba con el intenso perfume de la plumeria. Familiar y exótico al mismo tiempo. Era como una de sus fantasías nocturnas. Como una escena que se había permitido imaginar solo estando en la oscuridad y en la soledad de su dormitorio. Y ahora esas fantasías volvían a perseguirla y se entremezclaban con la realidad. Todo era real. Y en la vida real Zack no la deseaba como ella a él. Pero en sus fantasías sí. En sus fantasías él la acariciaba como un amante, sus ojos la miraban fijamente, sus labios...

–De todos modos tengo una asistenta. Estaba de broma.

–Lo sé –esperaba no estar tan sonrojada como se sentía.

–No creo que lo supieras. Creo que estabas a punto de arrancarme la cabeza de un bocado –contestó él con gesto... divertido.

–¿Hay comida?

–Puedo ir a mirarlo.

Cuando Zack salió del salón principal buscando la cocina, ella aprovechó para respirar aire que no oliera a Zack.

Fue en la dirección opuesta y se detuvo frente a una habitación. Era el dormitorio. La cama estaba situada sobre una plataforma cubierta por un edredón rojo intenso. Una tela color crema colgaba del techo y cubría la cama. Estaba claro que no era una cama para una persona ni una cama hecha para dormir.

Oyó pisadas tras ella y se giró.

–He encontrado comida.

–Bien –respondió intentando ignorar el latido acelerado de su corazón. Estar en el mismo dormitorio era suficiente para que le explotara la cabeza–. Hay... quiero decir, ¿no será el único dormitorio?

–No estoy seguro.

–Oh.

–He servido la cena en la terraza, si quieres acompañarme.

–¿No quieres irte a la cama? –le preguntó e, inmediatamente, lamentó cómo habían sonado esas palabras. Sonrojada y acalorada, añadió–: Quiero decir... bueno, ya sabes lo que quiero decir. Me refería a ti solo, porque yo he dormido y sé que tú no.

–Al menos deja que primero te invite a cenar, Clara –respondió con un brillo en la mirada que parecía tan ardiente como el calor que ella había experimentado antes. La hacía sentirse incómoda y un poco excitada.

Se rio algo nerviosa.

–Por supuesto.

Zack ignoró la sacudida de excitación que le recorrió las venas. Al menos por un momento, los dos habían pensado en lo mismo: la cama. Esa cama demasiado tentadora, incluso para un hombre que se enorgullecía de no perder el control en ningún momento.

Las cosas con Clara siempre habían sido fáciles. Nunca había ignorado su belleza, pero su relación nunca había estado marcada por momentos de intensa tensión sexual. No hasta hoy.

Y saber que, aunque fuera por un instante, ella se había dejado llevar también por la tentación, lo empeoraba todo. O lo mejoraba. No, sin duda lo empeoraba porque en su vida él valoraba los límites. Todo y todo el mundo tenía un lugar y un propósito. Clara tenía un lugar. Y ese lugar no era su cama. Ni esa cama.

Era importante que su vida siguiera centrada, controlada, como llevaba siendo los últimos catorce años.

–Por aquí, preciosa –dijo cerrando el puño para no posar la mano sobre la espalda baja de Clara. Lo habría hecho antes, pero de pronto le parecía una maniobra demasiado arriesgada.

Clara le lanzó una mirada muy típica de ella, de su amiga, y eso hizo que el nudo que tenía en el pecho se soltara ligeramente aunque no sirvió para mitigar el calor que lo recorría.

Se estaba preguntando por qué llevarla con él había sido una buena idea y él nunca cuestionaba sus decisiones. Ya no, porque lo meditaba todo mucho antes de actuar. No pensar, dejar que las cosas escaparan a la sensatez era una receta para el desastre.

Y llevar a Clara había sido una elección lógica. Al menos, hasta hacía treinta segundos.

Se colocó delante de ella con la excusa de guiarla hasta la terraza, aunque la razón real era que no quería mirarle el trasero mientras caminaba. De vez en cuando, en el pasado, se había permitido el capricho de contemplar sus curvas, pero siempre había resultado una práctica inofensiva. Era humano, un hombre, y ella era una mujer preciosa. Pero ahora esa práctica parecía menos inofensiva.

–Esto es precioso –dijo Clara cuando ya estaban fuera.

Zack había puesto la mesa y había encendido la hilera de farolillos que pendían sobre ella. Había querido que resultara una velada agradable, pero ahora parecía algo extrañamente íntimo.

No podía recordar la última vez que una cena le había resultado íntima. Ni siquiera podía recordar la última vez que esa palabra había sido aplicable a algo de su vida. Con mucha frecuencia, el sexo no le parecía algo íntimo, aunque había pasado tanto tiempo desde la última vez que había tenido un encuentro sexual que tal vez eso ya no era verdad.

Clara fue hasta la barandilla y se asomó dejando que sus brillantes ondas cobrizas cayeran sobre su hombro.

–¿Qué estás haciendo?

–Aquí huele de maravilla, como cuando horneas pan y el aire está cargado de ese aroma, con la diferencia de que aquí huele a flores en lugar de a harina –se giró hacia él y sonrió con ese familiar brillo en su mirada.

–Yo jamás lo habría visto así –retiró una silla y le indicó que se sentara.

Después, se sentó frente a ella y sirvió el Tom Yum Ka que había recalentado. Ella le sonrió y unos hoyuelos se marcaron en sus redondeadas mejillas.

Las cosas parecían haberse normalizado entre los dos, a pesar de que esa dulce sonrisa había tenido un fuerte impacto en su estómago.

–Bueno, háblame más sobre el trato con el señor Amudee.

–Creo que ya lo hemos hablado casi todo, aunque otra de las razones por las que es genial que estés aquí es tu paladar. Me gustaría que probaras los diferentes tuestes y pensaras en maridajes para ellos. Sería genial tenerlos en nuestras tiendas más exclusivas.

–¡Maridajes! –se le iluminaron los ojos–. Me encanta.

–Un buen café o té son cosas tan complejas como un buen vino. Hay tantos como variaciones de sabor.

–Lo sé, Zack.

–Claro que sí. Aprecias el buen café. Es una de las razones por las que nos llevamos tan bien.

Clara tomó otra cucharada de sopa y dejó que el jengibre se posara en su lengua esperando que el picor le despejara la mente para ignorar la extraña sensación que estaba teniendo ante Zack. Sí, sentirse atraída por él no era nada nuevo, pero esto era diferente. La atracción que sentía en casa la atacaba cuando menos lo esperaba. En sueños. Cuando estaba mirando a otros hombres y contemplaba la posibilidad de aceptar una cita.

–Eso, y que cocino tus *cupcakes* –dijo tragando la especiada sopa.

De pronto, Zack miró a lo lejos con expresión fría y distante.

–Háblame de tu pastelería.

–¿De la que quiero tener?

–Sí.

–Será pequeña. Tendré productos habituales en la carta y especialidades del día. Tendré más tiempo para hacer pequeños pastelitos con muchas decoraciones y podré participar en todo el proceso en lugar de limitarme a conceptualizar y dar instrucciones a una horda de empleados.

–¿Y eso es importante para ti?

–Así es como empezamos. Yo en la tienda principal y tú yendo y viniendo entre tus... ¿Cuántas tenías cuando nos conocimos? ¿Quince por toda la Costa Oeste? Era divertido.

–Sí, pero ahora tenemos dinero.

Ella asintió.

–Sí. Y es genial. Has logrado algo increíble, el crecimiento de la empresa ha sido... alucinante. Mucho más de lo que imaginaba.

–Pero no más de lo que me imaginaba yo.

–¿No?

–Siempre había sido mi plan. Planificar es la clave. Cuando no planeas las cosas es cuando te llevas sorpresas. Tanto buenas como malas.

–¿No entraba en tus planes que Hannah no se presentara en tu boda?

–Tampoco entraba en mis planes que te marcharas de Roasted. A veces otras personas se entrometen en tus planes –dijo enarcando las cejas.

–Esto no significa que no vaya a verte más –dijo aunque, probablemente, no debería haberlo dicho, pero solo pensarlo le había hecho sentir un vacío en el pecho.

–Sé que seguirás viéndome –dijo curvando la boca–. Si no me vieras, tendrías síndrome de abstinencia.

–Es verdad, no puedo vivir sin ti, Zack.

Y era cierto. Zack lo era todo para ella; le había ofrecido su apoyo cuando nadie más lo había hecho, y seguía haciéndolo.

Lamentaba haber dicho que quería abandonar Roasted, pero no podía cambiar de opinión. Además, seguiría viéndolo; la única diferencia sería que ya no ocuparía toda su vida. No podía permitirse tener sentimientos hacia él, sentimientos que no serían correspondidos.

Zack se metió la mano en el bolsillo.

–Me ha vibrado el teléfono –sacó el teléfono y tocó la pantalla–. Hannah me ha enviado un mensaje.

–¿En serio?

–Siente mucho lo de la boda.

–Oh, bien –dijo resoplando. Volvieron los celos y la rabia; estaba furiosa con Hannah por lo que había hecho.

–Ha conocido a otra persona.

–¿Qué?

–Sí. Al parecer, está enamorada.

–¿Y te lo está diciendo en un mensaje?

Él se encogió de hombros.

–Encaja con nuestra relación.

–No. Tanto si hubiera amor o no, teníais una relación de pareja.

–No nos acostábamos.

Clara se quedó impactada.

–¿Qué? –eso no tenía sentido. Hannah era una diosa. Una bomba sexual que había sido detonada en la mitad de su vida haciéndola sentirse inferior.

¿Y no se había acostado con ella? Había dado por hecho, e incluso imaginado con todo lujo de detalles, que la mitad de sus encuentros en la oficina habían sido excitantes sesiones de sexo sobre el escritorio.

–¿Por qué? –preguntó con un tono más agudo de lo habitual.

–Hannah es muy tradicional. Como no estábamos enamorados... bueno, para hacerlo necesitaba o amor o matrimonio, y habíamos escogido matrimonio.

–Umm. Bueno, entonces tal vez que te escriba un mensaje es apropiado. No entiendo cómo ibas a casarte con esta mujer.

–El matrimonio es un acuerdo de negocios, como cualquier otra cosa, Clara. Uno decide si puede cumplir con las obligaciones que conlleva y si serán de provecho. Después, o firmas o no.

–Cínico.

–Es verdad.

–Entonces, ¿por qué molestarse en casarse? No lo entiendo.

Él se encogió de hombros.

–Porque es lo que hay que hacer. El matrimonio ofrece estabilidad, compañía. Es lógico.

–¡Por el amor de Dios! ¿Lógico? Esa no es la razón por la que la gente se casa. ¿Es que tus padres tuvieron un divorcio horrible o algo así?

–No.

–Nunca hablas de tu familia.

–No es casualidad.

–Bueno, lo suponía. Por eso nunca te lo pregunto.

–Pues ahora estás preguntando.

Ella lo miró, pero él no la miraba a ella.

–Hace siete años que nos conocemos, Zack.

–Y estoy seguro de que yo tampoco lo sé todo de ti, pero sé lo que importa. Sé que relames la batidora, incluso aunque la mezcla tenga huevos crudos.

Ella se rio.

–Cuéntale eso a alguien y acabaré contigo.

–No lo dudo. Y también sé que te gustan las comedias estúpidas.

–Y yo sé que pones los partidos de rugby y que nunca acabas de verlos. Solo lo haces por los aperitivos.

Él sonrió.

–¿Lo ves? Sabes toda la verdad.

Pero hubo algo en su tono que le dijo que no conocía toda la verdad y ahora le parecía algo muy obvio. Ahora se preguntaba si esa actitud calmada que mostraba en el trabajo dejando ver que lo tenía todo bajo control no era más que una fachada en su vida personal.

Él la miró por un momento y de pronto se fijó en sus labios. Clara, notándolos secos, sacó la punta de la lengua y los humedeció.

Esa semana la mataría porque la tensión iría en aumento y acabaría aplastándola.

–Estoy cansadísima –mintió.

–El dormitorio es para ti. Yo me apaño con el sillón.

–De acuerdo, hasta mañana –respondió sin sentirse mal ni un instante.

Tal vez por la mañana parte del surrealismo de la situación se habría esfumado. Tal vez por la mañana no se sentiría asfixiada por la atracción que sentía por Zack.

Tal vez, aunque no era probable.

Capítulo 5

EL SEÑOR Amudee nos ha ofrecido una invitación para una paseo privado por el bosque.

Zack entró en la cocina mientras Clara tomaba un trago de café con el que casi se atragantó. Llevaba unos vaqueros, solo unos vaqueros, que le caían bajo las caderas y su torso desnudo y musculoso resultaba demasiado tentador.

–¿Hay café para mí?

–Oh, claro. Es la mezcla de Chiang Mai. Es buenísima. Fuerte, pero brillante y un poco cítrica.

–Me encanta cuando me hablas de café –dijo llevándose la taza a los labios y sonriendo.

La escena tenía cierto aire hogareño, aunque algo hogareño no podría tener un lado tan peligroso y excitante, eso seguro. Y Zack sin camiseta tenía esas dos cosas.

–De acuerdo, háblame de ese paseo –dijo mirando la taza de café fijamente.

–Es muy romántico. Para recién casados.

A ella se le encogió el estómago.

–Genial.

–Espero que hayas traído bañador.

Oh, bien. Zack y ella en bañador. Miró el hermoso rostro de Zack, que parecía de lo más tranquilo. Lo más ridículo de todo era que él no parecía sentirse incómodo en absoluto por la situación. Su pequeño infierno de frustración sexual era cien por cien privado porque Zack lo ignoraba por completo. ¡Muy típico!

–Sí, he traído bañador.

–Bien. Te veo en veinte minutos.

–Vale.

Intentó ignorar la pequeña parte de su ser eternamente optimista que le susurró que podría ser algo positivo.

Clara se colocó su *sarong* rosa brillante y, mientras salía al jardín donde Zack la estaba esperando, se aseguró de que el nudo que se había hecho en el pecho estaba bien sujeto.

–Lista. ¿De qué va esto?

–Espera y verás –le respondió colocando la mano en la parte baja de su espalda mientras la conducía al portón y de ahí pasaban a un estrecho camino que bordeaba una espesa arboleda y se abría a una extensa zona de hierba.

–¿Estás de broma? –preguntó ella con los ojos abiertos como platos.

Había dos elefantes allí, uno equipado con un arnés que tenía unos pequeños asientos acolchados encima.

–Los paseos en elefante son una gran atracción turística en Chiang Mai y nunca antes lo he hecho, así que pensé que podríamos aprovechar la oportunidad.

–¿Es tu primera vez? –había pretendido hacer un chiste, pero al final el comentario había parecido tener un trasfondo sexual que había estado ahí desde que habían salido de San Francisco.

Una lenta sonrisa se extendió por el rostro de Zack.

–Solo lo del paseo en elefante.

–Vale, entendido –estaba segura de que se estaba sonrojando.

–¿Y tú?

Ella estuvo a punto de atragantarse.

–¿El elefante?

–¿A qué, si no, iba a referirme?

A su virginidad. Pero no, claro, él nunca le habría preguntado por eso.

–Sí, es mi primer paseo en elefante –respondió secamente.

–Señor Parsons –dijo un hombre vestido con pantalones de lino blanco y una camisa suelta–. Y la señora Davis, supongo –añadió deteniéndose frente a ella y con una cálida y afable mirada.

–Sí –respondió Clara extendiendo la mano. El hombre agachó la cabeza y le besó la mano sonriendo.

–Isra Amudee, un placer –se puso derecho y estrechó la mano de Zack–. Me alegro mucho de que hayan podido venir. Sobre todo después de lo que ha pasado.

Zack rodeó a Clara por la cintura y ella intentó ignorar la sacudida de calor que la recorrió.

–Hace mucho que la conozco. No sé cómo se me había podido escapar lo que tenía justo delante.

El señor Amudee sonrió ampliamente.

–Una nueva boda a la vista, ¿entonces?

Zack se puso tenso.

–Por supuesto. La verdad es que ya se lo he pedido.

–¿Y ha aceptado? –Amudee la miró y Zack la agarró con más fuerza.

–Sí –respondió ella con la garganta seca–. Por supuesto.

–Imagino que usted sí que tendrá el buen gusto de presentarse a la boda. Ahora, les dejo con los elefantes. Tengo que irme, pero los veré luego.

Clara vio a Amudee alejarse e intentó ignorar el zumbido que resonaba por su cabeza mientras el hombre de los elefantes se presentaba en inglés.

–Están muy bien entrenados, son muy seguros. Montarán a Anong y yo los seguiré en Mali. Solo por precaución.

Le dio una palmadita a Anong y la elefanta se agachó dejándolos subir fácilmente a su asiento. Zack subió primero y ayudó a Clara.

–Cinturones de seguridad –dijo mientras los abrochaba a los dos.

–Eso me reconforta –contestó ella invadida por los nervios y la excitación.

–¿Listos? –les preguntó su guía.

–No tengo ni idea –le susurró ella a Zack.

–Listos –contestó Zack.

La elefanta se levantó y el brusco movimiento resultó algo inquietante. Clara se agarró del brazo de Zack mientras Anong seguía moviéndolos de un lado a otro.

–Creo que ya estoy bien –le susurró sin soltarlo del brazo.

–Relájate, ha dicho que es un camino que el animal recorre todo el tiempo. Es nuevo para nosotros, pero no es nuevo para ella.

–¿Estás muy acostumbrado a calmar los nervios de las inexperimentadas?

–No. No me junto con mujeres que necesitan sentirse reconfortadas en el dormitorio. No estoy para eso.

Ella sintió un intenso rubor extendiéndose por sus mejillas.

–Supongo que no –respondió aliviada y decepcionada al mismo tiempo por la noticia. Aliviada porque no le gustaba pensar en su amigo como un seductor de inocentes, pero también era decepcionante porque eso la alejaba más todavía de la «mujer ideal» de Zack. La compañera de cama ideal. En realidad ser la mujer con la que se acostara se alejaba mucho de lo que quería de verdad, pero sería un comienzo. Un comienzo maravilloso, sexual, increíble...

–En menudo lío me has metido, ¿eh, Parsons?

–¿Y qué iba a decir? «Ah, no, solo me he traído a mi mejor amiga para darnos un revolcón».

–La verdad habría funcionado. Parece un buen hombre.

–Mira, ya está hecho y estoy seguro de que es positivo para el negocio, y eso es lo único que importa. Los dos sabemos cuál es nuestro sitio, nada cambiará entre nosotros.

Ella sintió como si se hubiera quedado sin aire.

–No, claro que no.

Avanzaron bajo los árboles por un sendero que los llevó a lo largo de un apacible río cuyas orillas estaban cubiertas de verde y brillantes flores rosas que resplandecían entre el oscuro y exuberante follaje. Intentó mantener la vista centrada, pero su mente seguía volviendo a Zack, tan cerca de ella. Sería muy sencillo fundirse con él, dejar de resistirse por un momento y entregarse al deseo de tocarlo. Pero no lo haría, no podía. Después de todo, él mismo había dicho que nada había cambiado entre ellos.

Había una razón por la que nunca había hecho el intento de que su relación pasara a ser una de algo más que amigos: no quería arriesgar la relación más estable que había tenido en su vida. No podría soportar ser rechazada por él. No podría soportar que Zack le confirmara que todo lo que su madre había dicho de ella era cierto: que un hombre nunca la desearía porque no era lo suficientemente guapa. Eso sí, su madre se había asegurado de que supiera que al final algún hombre se acostaría con ella porque los hombres se acostaban con cualquiera, pero que no era la clase de mujer que un hombre querría como esposa ni de la que se enorgullecería.

No era como su hermana. La preciosa y perfecta Lucy que además de ser esbelta, rubia y elegante, era inteligente y muy dulce.

¡Por cierto! Tenía que asegurarse de que Zack nunca conociera a su hermana.

El sonido del agua se hizo más fuerte y tomaron una curva para ir a parar a un claro que rodeaba un estanque color jade. Al menos veinte regueros de agua bajaban por las rocas cubiertas de musgo y se unían en el centro para caer en el estanque con fuerza.

La elefanta, Anong, se detuvo en el borde y dobló las rodillas algo más deprisa de lo que a Clara le hubiera gustado. De nuevo, ella se apoyó en Zack y se aferró a su camiseta.

–¿Estás bien?

–Lo siento –le respondió soltándolo.

Él sonrió y esa sencilla expresión fue suficiente para derretirla por dentro. Qué sexy era. Una razón más para marcharse de Roasted.

Zack se apartó de ella, se desmontó y la esperó con la mano extendida. Ella le agarró y dejó que sus músculos la bajaran cuidadosamente al suelo. Sus pies cayeron justo delante de los suyos y sus pechos quedaron tan cerca de su torso que pudo notar su calor excitándola, provocándola.

–¿Quieren que les espere? –les preguntó su guía.

–Volveremos caminando. Gracias por el paseo. Ha sido toda una experiencia.

El hombre asintió y silbó a Anong, que se levantó lentamente para volver junto a su dueño y su amigo. Clara los miró y sonrió. Solo el día antes había estado en un hotel de San Francisco esperando a que Zack le partiera el corazón casándose con otra mujer, y ahora estaba con él en su viaje de luna de miel. ¡Y dando un paseo en elefante!

–Toda una experiencia –dijo Zack girándose hacia el agua.

–Ha sido divertido.

–Aunque no relajante, exactamente.

–No –respondió ella riéndose–. En absoluto.

–Esta mañana el señor Amudee me ha dicho por teléfono que este es un lugar seguro para nadar.

–Me alegra saberlo. Parece limpísimo –dijo acercándose al borde. Podía ver las rocas cubiertas de musgo por todo el fondo y pececillos nadando de un lado para otro–. Perfecto.

Zack se quitó la camiseta y se quedó únicamente con un bañador blanco que, cuando estuviera mojado, se aferraría a zonas de lo más interesantes.

Últimamente su mente era un lugar lujurioso y lo más triste era que no lo lamentaba porque la hacía disfrutar mucho.

–¿Nadas?

–No.

–¿Por qué?

–Tiene pinta de estar fría.

–Aquí hace un calor tan sofocante que podría ser agua de deshielo y resultar agradable. Y te garantizo que esto no es agua de deshielo.

–A mí me parece... fría –qué excusa más pobre.

Pero no quería quedarse en bañador, no cuando él estaba tan espectacular con el suyo y ella tenía caderas y pechos y grasa abdominal.

–Ridículo –se acercó a ella y la levantó en brazos. Sus grandes manos rodeaban su muslo y su hombro y el calor de su cuerpo la recorría como una cálida, pegajosa y dulce miel.

Se dio cuenta de lo que iba a pasar un poco tarde porque la atracción sexual le había anulado el cerebro. De pronto, el calor y el frío la invadieron; su cuerpo aún cálido por dentro gracias al roce de su piel, pero su piel helada por el agua.

–¡Zack!

Él la miró sonriendo y ella se aferró a sus hombros mientras él seguía rodeándola con fuerza. Ahora la piel de él estaba húmeda y resultaba tan sexy que Clara tuvo que hacer acopio de toda su fuerza de voluntad para evitar deslizar las manos sobre sus increíbles y perfectos pectorales.

Quería hacerlo. Quería posar los labios sobre su cuello, lamer las gotas de agua que pendían de su piel, pero se rio y logró soltarse, huyendo de la tentación.

Fue hasta la zona menos profunda del estanque mientras su *sarong* rosa, ahora empapado, se ceñía a sus curvas como una segunda piel. Se lo desató y lo colgó de la rama de un árbol. Se sentía expuesta en su bañador negro, por muy sencillo y discreto que fuera.

–Bueno, ha sido una forma de meterme en el agua. Fuerza bruta –dijo yendo hacia la zona profunda desesperada por la cobertura que el agua le daría.

–¿Bruta? –Zack, con los ojos llenos de diversión, nadó hasta donde estaba.

–Oh, sí. Te has aprovechado de mí.

–No me he aprovechado de ti. Si lo hubiera hecho, lo habrías sabido, eso seguro.

Aunque tenía el cuerpo medio sumergido en el agua, de pronto sentía la garganta seca.

–Me siento... eh... como si te hubieras aprovechado... Me has levantado en brazos y me has tirado y... estoy mojada.

La mirada de Zack se oscureció y su expresión cambió.

–Interesante.

–¡Puff! –hundió la cabeza y dejó que la fría agua la envolviera y enfriara sus encendidas mejillas. Echó a bucear hacia la cascada alejándose de la tentación y, al salir de nuevo a la superficie, miró a Zack, detrás de ella.

Subió por una de las musgosas rocas situadas junto a las cascadas, se sentó, se llevó las rodillas contra el pecho y miró hacia el sol que se asomaba por las espesas copas de los árboles.

–Eres como un hada de la selva.

Clara bajó la mirada y vio a Zack en el agua, con el pelo húmedo y resplandeciente.

–Me has asustado.

Él posó las manos sobre las rocas y se impulsó haciendo que se le marcaran los músculos de los hombros. Se sentó a su lado y aunque en un principio el calor que desprendía su cuerpo fue un alivio del frío del agua, por otro lado, su presencia la hizo sentirse inquieta, nerviosa.

Y feliz. La hacía tan feliz que le dolía. Solo estar con él hacía que todo fuera perfecto, como si sus inseguridades y sus defectos e insuficiencias ya no importaran tanto.

Y eso era una estupidez porque era solo una ilusión. Él jamás la desearía como ella a él y verlo casarse algún día y darle a otra todo lo que ella había anhelado transformaría esa felicidad en un amargo dolor. Un dolor que no podría soportar.

–Eres preciosa.

–¿Qué? –le preguntó impactada.

–Solo digo la verdad.

–Pues no es algo que hayas dicho habitualmente. Sobre mí, quiero decir.

Él extendió una mano y le secó una gota de la mejilla; el gesto hizo que a Clara la recorriera una sacudida eléctrica, y un calor que se acumuló en su vientre fue extendiéndose hacia sus piernas.

–Bueno, creía que tenía que decirlo.

Para ella lo que estaba sucediendo se acercaba mucho a lo que siempre había deseado, pero para él no era más que un cumplido vacío.

–Gracias. Tú tampoco estás tan mal –intentó decir con indiferencia, como una amiga.

Él sonrió y alzó el brazo mostrándole su impresionante bíceps.

–Eres un descarado –dijo riéndose a pesar de que aún estaba impresionada por el comentario.

–Lo siento.

–¿Tanto como sientes haberme tirado al agua?

–Sí –se acercó, la rodeó por la cintura con el brazo y todo pareció detenerse por un momento. La agarró con fuerza, inclinó su rostro... Y empezaron a caer.

Ella gritó justo antes de tocar el agua y salió a la superficie maldiciendo, furiosa y decepcionada.

–¡Zack! ¡Eres un bestia!

Se acercó a él, plantó las manos sobre sus hombros intentando hundirlo, pero Zack la rodeó por la cintura y la sujetó.

–Puedes hacer pie, ¿verdad? –le preguntó ella con los pies colgando sobre el arenoso fondo.

–Tal vez.

Zack bajó las manos hacia sus caderas y el calor que provocó con ello cortó el frío del agua. Dejó una mano ahí y la otra la llevó hasta su espalda. La miraba fijamente a los ojos, ella aún tenía las manos sobre sus hombros, y ya que él había movido las suyas, le parecía correcto hacer lo mismo. Así, con el corazón a mil por hora, las deslizó sobre el vello de su torso y los firmes músculos que yacían debajo. Apenas podía respirar. Los dedos de Zack se hundían en su piel y sus manos eran algo ásperas, fuertes, todo lo que había imaginado y mucho más.

De pronto, la soltó. Tenía la mandíbula tensa. Ella se apartó y ahora, donde antes habían estado sus manos, solo había agua helada.

–Deberíamos irnos –dijo Zack bruscamente.

–Yo... No llevamos mucho rato aquí.

–Ya, pero tengo que ocuparme de algunas cosas antes de esta noche. Tenemos una reserva para cenar en el restaurante situado en la zona principal del complejo.

Echó a nadar hacia la orilla y, cuando salió del estanque, Clara pudo ver la marca de su erección. ¿De verdad se había excitado? ¿Por ella? ¿Y era eso por lo que se marchaban? Así que Zack había sentido algo, por mucho que estuviera huyendo de ello. Algo que era, al menos, físico.

Se le aceleró el pulso que, junto con su corazón, resonó por su cabeza. Tal vez... ¿La veía sexy?

Lo siguió hasta la orilla, tragó saliva, agarró su *sarong* y le preguntó:

–Entonces, ¿esta noche vamos a salir a cenar?

–Sí, ahora tengo que ir a recoger un paquete a la ciudad y después me reuniré contigo en la villa. El coche llegará sobre las siete.

–De acuerdo.

Algo había cambiado, Zack la miraba de un modo nuevo y extraño y, por primera vez, ella sentía poder en su belleza, en su cuerpo.

Tanto que era posible que esa noche lo intentara.

Era matador. El vestido que Clara llevaba tenía que ser ilegal, no deberían permitirle lucirlo en público. Era ajustado, negro, como una segunda piel, y acentuaba unas curvas que hasta esa tarde él no había imaginado que fueran tan... exuberantes. Unos pechos redondos y perfectos, firmes, y unas caderas increíbles, nada parecidas a las de las andróginas y tiesas modelos que estaban tan de moda. Ni siquiera como Hannah, cuya imagen le costaba recordar.

Ese día en el río, con su cuerpo suave, femenino y mojado contra el suyo, había tenido una reacción con la que no había contado. Tampoco había contado con tocarla como lo había hecho, con explorar la elegante línea de su espalda o rodearla con sus brazos. Había sido un error.

Y salir del agua delante de su mejor amiga luciendo una erección provocada por ella no había sido su idea inicial de pasar un buen rato.

Se metió la mano en el bolsillo y rodeó la cajita de terciopelo que llevaba ahí guardada. La misma que Hannah había enviado al complejo turístico porque era lo correcto, o eso había dicho. A él no le habría importado que se quedara con el anillo, pero ahora podría aprovecharlo.

Lo que había asumido Amudee había sido algo inesperado, pero Zack sabía que no podía decepcionarlo.

–¿Qué es eso? –preguntó él. Estaban en el coche dirigiéndose al centro del complejo y estar sentada al lado de Clara, con su belleza y lo bien que olía, estaba siendo una tortura.

–¿Qué?

–Lo que llevas puesto.

–Un vestido –respondió ruborizada.

–¿Es que tiene nombre?

–Vestido –repitió con un tono de voz ahora peligroso.

–Es un vestido bonito.

–Gracias –respondió ella mirando al frente.

El coche se detuvo frente a un edificio de madera donde había gente sentada en una barra, músicos y bailarines. Zack abrió la puerta, pero Clara no se movió.

–¿Qué?

–Ahora no sé si debería volver y cambiarme.

–No entiendo a las mujeres.

–¿Por qué?

–Acabas de ponerte ese vestido, claramente porque te parecía una buena elección, ¿y ahora quieres cambiarte?

–Es demasiado ajustado.

–Confía en mí, está bien. Todos los hombres del bar van a sufrir un esguince cervical cuando pases por delante.

–¿En serio?

–¿Es que no te has mirado al espejo? –le preguntó completamente incrédulo ante el hecho de que no viera lo atractivo que ese vestido podía ser para un hombre ya que mostraba cada una de sus curvas, pero ocultaba los detalles.

–Ese es el problema, que me he mirado y he elegido ponérmelo de todos modos.

–¿Qué te hace pensar que no está bien?

–Tu reacción.

–Eso es porque no estoy acostumbrado a ver tanto de ti, pero lo que veo no hay duda de que está muy bien.

–¿En serio?

Enganchó un mechón de su sedoso pelo entre sus dedos y resultó demasiado suave, tal y como se había imaginado.

–¿No te dije que cualquier hombre soportaría tus ronquidos a cambio del placer de poder dormir contigo?

Posó la mirada en su boca y sintió una incómoda ráfaga de sensaciones cuando, por segunda vez en una hora, ella sacó la lengua y la deslizó sobre sus labios dejándolos brillantes y deliciosos.

A Clara le costaba respirar, era como si tuviera a alguien sentado sobre su pecho; el nudo de inseguridad que se había instalado en su estómago estaba transformándose en otra cosa, algo peligroso, una esperanza que no tenía por qué sentir.

Pero no podía olvidar que los halagos de Zack estaban vacíos y que la erección que había tenido al salir del agua seguramente no había sido por algo personal, sino porque Zack tenía sexo atrasado y estaba desesperado ahora que se había tenido que ir de luna de miel sin su esposa.

Estaba cansada de estar a la sombra de otros. Incluso esa noche era el premio de consolación para Zack que, en lugar de pasar la noche con Hannah, estaba con ella viendo un baile tradicional en lugar de pasando una ardiente noche de bodas.

Forzó una sonrisa.

–Sí, lo dijiste. De acuerdo, vamos a tomar una copa o algo.

–Me parece una idea genial.

Bajaron del coche y se dirigieron hacia un pequeño cenador cubierto por una sedosa tela, al igual que todo en el resto de la propiedad. Estaba diseñado para que la gente disfrutara de la intimidad y era como una invitación a una especie de fantasía de pecado.

Se sentó en uno de los cojines y se situó frente a la mesa baja. Zack se sentó a su lado, tan cerca que podía sentir el calor que irradiaba su cuerpo.

–No suelo llevar prendas ajustadas, así que tu reacción me ha hecho sentir... Conoces a mi madre, ¿verdad?

–Sí.

–Es como una modelo. Y mi hermana... bueno, se parece a mi madre. Yo me parezco a mi padre.

–¿Y eso tiene algo de malo?

–No soy todo lo que es Lucy y mi madre se asegura de que lo sepa. De que sepa que yo siempre era la segunda en todo. Yo era del montón y ella era perfecta. A mí me gustaba el colegio, pero no sobresalía. Lo único en lo que he sobresalido siempre es en la cocina que, según mi madre, contribuye a mis problemas de peso.

–¿Problemas de peso? ¿Tú no tienes problemas de peso? –dijo furioso.

–Los tuve en el instituto. Recuerda que te conté que mi pareja del baile me dejó plantada.

Él asintió.

–Que me pidiera la cita fue una broma, aunque yo no tenía ni idea, y habíamos quedado en el gimnasio, pero él se presentó con su verdadera pareja y los chicos que estaban con la iluminación estaban avisados de enfocarme justo en ese momento. Y ahí estaba yo, regordeta y embutida en ese estúpido vestido rosa que, además, brillaba. A veces, sin razón alguna, aún me siento como la chica bajo el foco con todo el mundo mirando mis defectos.

–Los adolescentes son estúpidos y eso pasa en el instituto. No es la vida real. Ninguno somos como éramos por aquel entonces.

–Tal vez no. Aun así, aunque me he estilizado un poco al crecer, según dice mi madre, como no tengo ni medidas ni altura de modelo no soy perfecta y podría estar mucho más delgada si lo intentara –dijo como si estuviera repitiendo algo que hubiera oído muchas veces.

–Deja que te diga algo, Clara. A los hombres nos gustan los cuerpos de mujer y no los hay de una sola clase, ahí está la diversión. La belleza no es solo una cosa.

Ella intentó ignorar la cálida y resplandeciente sensación que la estaba recorriendo.

–Lo sé, o una parte de mí lo sabe, pero cuesta desvincularse de la sensación de ser siempre la segunda en todo.

–Eso es mejor que sentir que estás por encima de todo el mundo, como si nada te pudiera tocar porque eres tan perfecto que la vida no se atrevería a hacerlo.

–No sé si Lucy siente eso, tal vez mi madre sí, pero... –vio algo frío en su mirada, un intenso desdén que pareció colarse en su interior y retorcerle el corazón–. ¿Zack?

–No pasa nada, Clara. Déjalo. ¿Quieres bailar antes de que nos sirvan la cena?

Sí y no. Se sentía frágil para estar muy cerca de él y, por otro lado, una parte de ella lo deseaba más que el propio aire. Él le ofreció la mano y ella la tomó. La ayudó a levantarse y, aún con una expresión algo fría y extraña, la llevó hacia sí. Le resultaba peligroso a pesar de ser su amigo; tal vez era porque se sentía tan atraída que eso la inquietaba y la hacía temblar.

–Es solo una advertencia, pero lo más seguro es que la gente mire. Y lo hará por ti, porque estás increíble y aquí no eres menos que ninguna mujer.

–Zalamero.

–No, no lo soy. Y creo que los dos lo sabemos.

–De acuerdo. Supongamos que es cierto –dijo ella quitándose los zapatos para sentir la hierba bajo sus pies.

Él la rodeó por la cintura con una mano y ella resistió las ganas de apoyar la cabeza en su pecho porque ni se trataba de ese tipo de baile, ni la suya era ese tipo de relación. Pero eso no significaba que no quisiera fingir, y con el calor de su cuerpo tan cerca era fácil imaginar que esa noche podría ser diferente; imaginar que él la veía como una mujer y la deseaba.

Posó la mirada en su cuello y, por un momento, la realidad se esfumó y solo quedaron ellos, el calor del aire de la noche y los acordes de los instrumentos creando a su alrededor un exótico y sensual ritmo del que no quería despegarse.

Lo amaba demasiado, y darse cuenta de ello fue como recibir un golpe en el pecho. Amaba a Zack. Con todo su corazón, con todo su ser. Y ahora estaba en sus brazos.

Pero no como le habría gustado. Respiró hondo e inhaló el perfume de las flores, de la lluvia y de Zack.

Deseaba que fuera real y tal vez por un instante podría fingir que así era porque después del compromiso fingido, después de que la tinta estuviera seca en los contratos, ya no habría más oportunidades de fingir. Ella seguiría su camino y dejaría atrás a Zack.

No quería que terminara la canción, pero terminó, y eso la hizo recordar que cuando se trataba de Zack nunca llegaría a tener lo que de verdad quería.

Zack le agarró la mano y, cuando la alejó del resto de parejas que bailaban, por un momento pensó que iba a besarla. Sus labios estaban muy cerca, su respiración era ardiente y rozaba su mejilla. Necesitaba algo. Lo necesitaba a él.

–Tengo algo para ti. Para mañana.

–Me gustan los regalos –dijo intentando que no le temblara la voz–. No es un procesador de alimentos, ¿verdad?

Él se rio; fue un sonido grave y sexy que resonó por todo su ser.

–Te lo dije, me quedo con mi procesador de alimentos.

–De acuerdo, entonces no sé qué puede ser.

Zack se metió la mano en el bolsillo y sacó una pequeña caja de terciopelo. Todo se detuvo por un momento pero, a diferencia de antes, esto era la cruda realidad. Dentro había un enorme anillo de oro y diamantes. El anillo perfecto. Precioso. Extravagante. Un anillo para la mujer que debía estar ahí. Un anillo para la mujer con la que debería haber bailado, la mujer a la que habría besado, a la que le habría hecho el amor.

Un intenso dolor se abrió paso en su interior y amenazó con consumirla. ¡Qué juego más rastrero! Y lo peor de todo era que ella había contribuido y participado de él. Se había permitido fingir que la había deseado en el río, se había permitido tener esperanzas, además de sentir amor. Un amor inútil y ridículo porque por un segundo había olvidado que todo era una farsa.

–No.

–Clara.

–Yo no... –se horrorizó al notar la humedad cayendo por sus mejillas y retrocedió–. Lo siento.

Pero no lo sentía; estaba furiosa. Estaba herida. Era muy doloroso verlo tan guapo, ver todo lo que había soñado siempre, verlo ofreciéndole un anillo que ya le había entregado a otra mujer y que todo ello formara parte de una mentira que la estaba matando por dentro porque no hacía otra cosa que recalcar que él jamás se fijaría en ella de no ser por una mentira.

Se sentía desesperada, necesitaba un amigo al que contarle todo y que le dijera que ella valía mucho. Zack era su mejor amigo, era con quien hablaba y en quien confiaba, pero ahora eso no podía confiárselo, no podía contarle que acababa de destrozarle el corazón. No podía decirle que estaba enamorada de un hombre al que no podía tener porque él era ese hombre.

La aplastante soledad que ese pensamiento trajo consigo generó en ella un sobrecogedor dolor.

–Tengo que... Lo siento.

Cruzó el jardín corriendo y volvió hacia la zona del vestíbulo buscando un coche, un elefante, lo que fuera que la llevara a la villa lo antes posible.

Estaba huyendo de él y lo sabía. Estaba huyendo del dolor y de tener que explicarle por qué ver el anillo la había hecho llorar. Era una explicación que no querría dar nunca porque el único hombre al que podía confiarle su dolor era el único hombre al que jamás podría contárselo.

Capítulo 6

EL CORAZÓN de Zack palpitaba con fuerza mientras la buscaba por el jardín de la villa. Estaba demasiado oscuro, pero estaba seguro de que había ido por allí... a menos que hubiera pedido un coche para ir a tomar un vuelo de vuelta a los Estados Unidos. No le extrañaría que lo hubiera hecho y tal vez él se lo mereciera.

Había un estrecho camino que conducía a un pequeño cenador rodeado de plantas y árboles y estaba seguro de que, si Clara aún seguía en la villa, estaría allí.

Y tuvo razón. Estaba sentada en un banco de piedra, con las rodillas contra el pecho y mirando la luz de la luna con las mejillas empapadas. Verla así le produjo un intenso dolor.

Él siempre lo controlaba todo y vivía la vida con las menos ataduras y vínculos posibles, pero Clara había sido su excepción. Lo había sido desde el primer momento en que la había visto.

Era la única persona que podía alterar sus emociones, hacerlo feliz cuando de verdad quería estar furioso, hacerlo encogerse de dolor con sus lágrimas.

–¿Estás bien?

–Lo siento. Ha sido una estupidez. He tenido una reacción exagerada.

Zack se acercó al banco y se agachó frente a ella.

–¿Qué he hecho?

–No ha sido nada, de verdad. He sido yo –respiró hondo–. No puedo... explicarlo.

La confusión que él sentía era casi tan frustrante como el dolor que sentía por haberle hecho daño. Sin pensarlo, alzó la mano y le acarició la tierna piel de su cuello en un intento de reconfortarla porque la había molestado por segunda vez en cuarenta y ocho horas y odiaba hacerle eso. Significaba demasiado para él.

Pero algo en esa caricia cambió porque de pronto la piel de Clara bajo sus dedos pasó de ser algo familiar a algo sedoso y tentador.

Ella lo miró con los ojos cubiertos de lágrimas y también de rabia. Su rabia alimentaba la llama que ardía entre los dos y Zack vio que no podía alejarse de ella, ya no.

Sin pensarlo, sin tener en cuenta las consecuencias, se inclinó y la besó.

En su experiencia, los primeros besos siempre habían sido una especie de experimento, de prueba, de pregunta. Pero este beso no lo fue. Algo bramó en su interior y lo llenó de una especie de desesperación que no había sentido nunca. Ya no estaba probando ni experimentado, estaba devorando. La rodeó con sus brazos y ella se aferró a sus hombros.

Al instante, todo el mundo de Zack se redujo al roce de sus lenguas, a la calidez de sus labios.

Clara se veía incapaz de soltarlo, de no entregarle toda su pasión y deseo, de no devorarlo, de no ceder ante el hambre que había vivido en su interior durante los últimos siete años.

Era el paraíso y el infierno al mismo tiempo. Tenía

todo lo que siempre había soñado y fue un momento único, uno que necesitaba tanto como respirar. Los labios de Zack eran todo lo que había soñado, y sus ardientes manos sobre su espalda, más excitantes de lo que había creído posible.

Clara bajó del banco para sentarse en el suelo de piedra; agarró a Zack de la camisa y sus rodillas se rozaron. Él la llevó hacia sí y su musculoso torso rozó sus pechos. Clara se arqueó hacia él deseando más, deseándolo todo. Cuando se separaron, él apoyó la frente en la suya y su entrecortada respiración se pudo oír en la silenciosa noche.

Clara no sabía qué decir y temía que él dijera algo, como que todo había sido una broma o un error. No quería tener que preocuparse por nada, solo quería centrarse en el latido de su corazón y en el cosquilleo de sus labios, en todas las agradables sensaciones que borboteaban en sus venas como si fueran champán.

–¡Maldita sea! –exclamó Zack entre suspiros.

–Sí –le contestó ella riendo porque sentía lo mismo.

Zack se levantó y le tendió la mano; ella la agarró y le dejó ayudarla a ponerse de pie. Y entonces todas las agradables sensaciones se disiparon y la cruda realidad se hizo presente. ¿Y si se iban juntos a la cama? ¿Dónde la situaría eso a ella?

Aunque Zack no se hubiera acostado con Hannah, sí que se había acostado con muchas otras mujeres, y ella era una mujer sin experiencia y sin glamour, además de una simple sustituta. Si algo sucedía la noche de su luna de miel, siempre se sentiría como un segundo plato.

Quería volver a llorar, pero no le permitiría ver lo vulnerable que era ni lo mucho que le dolía apartarse de él ahora.

–Ha sido una locura de día.

–Eso no te lo discuto.

–Lo siento... por esto. Por todo. No sé... no sé qué me ha pasado.

El brillo de alivio en la mirada de Zack hizo que se le retorciera el corazón.

–¿Cómo te sientes?

–Bien. Besar a una mujer bella nunca es nada malo.

Pero Clara no respondería al cumplido porque era un halago vacío.

–Opino lo mismo, aunque no en el sentido de besar a una mujer... ya me entiendes.

–He hecho algo malo con lo del anillo y lo siento. Hoy voy de mal en peor contigo, ¿verdad?

–No creo que ninguno de los dos esté en su mejor momento hoy.

–Probablemente necesitemos dormir.

Ella forzó una carcajada.

–Tú, probablemente, pero yo dormí horas de más en el avión, ¿recuerdas?

–Aun así deberías dormir otra vez.

De pronto sí que se sintió cansada y no fue un cansancio normal.

–Sí, tienes razón. Esta noche dormiré en el sillón.

–Yo volveré a dormir en el sillón. Después de que me hayan dejado plantado en el altar, dormir solo en la luna de miel es un poco deprimente, ¿no te parece?

Por un momento, ella pensó en invitarlo a dormir en la cama, mandar al infierno sus inseguridades y ser la mujer que deseaba ser. Pero no lo hizo.

–Sí, tal vez un poco –tragó saliva y extendió la mano–. Pero me pondré ese anillo.

–¿Estás segura?

–Ya te he dicho que antes he sido una estúpida. Venga, dame el anillo.

Extendió la mano, él sacó el anillo de la caja y lo sostuvo un instante antes de ponérselo en el dedo anular mientras Clara lo miraba intentando esbozar una sonrisa.

–Es bonito.

–Es un diamante, tiene que ser bonito –respondió intentando no sonar demasiado afectada.

–Perfecto. Y ahora ya estamos listos para mañana. Espero que hayas traído zapatos con los que puedas caminar.

–Claro que sí.

–Es verdad, lo había olvidado.

–¿Olvidado qué?

–Que eres distinta. Venga, vamos a intentar dormir un poco.

Lo siguió intentado dejar atrás todos sus deseos, su dolor, pero sus palabras seguían repitiéndose en su cabeza y aún podía sentir su beso en los labios.

Ahora se sentía completamente diferente a la mujer que había entrado llorando en el jardín, pero no era posible que un solo beso tuviera ese poder. Sin embargo, ese beso sí lo había tenido porque se sentía cambiada: un poco destruida y un poco más fuerte.

Dormir había sido imposible.

Zack miró la corbata que se había llevado para las reuniones con el señor Amudee y decidió no ponérsela. Se dejó desabrochados dos botones de su blanquísima camisa y se subió las mangas. Con eso bastaría, de todos modos pasarían el día visitando las plantaciones de café y té.

Tal vez pasar el día al aire libre le despejaría las ideas y disiparía esa niebla de excitación que lo había cegado desde el beso y antes, durante aquel extraño momento que habían vivido en el lago. Pero ese beso... Unos minutos más y la habría tendido sobre el banco de piedra para arrancarle la ropa y liberar esas preciosas curvas.

Apretó los dientes. No debería estar pensando en sus curvas.

–¿Zack?

–¡Aquí estoy! –respondió mientras se abrochaba el cinturón.

–¿Cómo has dormido?

–Genial. Gracias por dejarme usar el dormitorio para prepararme.

–De nada. Me he levantado muy temprano y he dado un paseo por los jardines. Aquí hay muchas flores.

Y se había adornado el pelo con una variedad de ellas.

–No sabía que te gustaran tanto las flores.

–Siempre tengo algunas en la mesa de mi cocina.

Zack se preguntó si alguien le habría comprado flores alguna vez y por qué él nunca lo había hecho ni se lo había planteado. «Porque los jefes no les compran flores a las empleadas. Y los amigos no les compran flores a los amigos».

Los amigos tampoco se besaban como lo habían hecho ellos la noche anterior. Se le aceleró el pulso solo de recordarlo y su sangre se precipitó hacia la entrepierna. Cerró los puños e intentó recuperar el control de su cuerpo.

–¿Lista? –le preguntó con la voz entrecortada por el deseo que estaba conteniendo.

–Sí. Lista.

–Bien. Recuerda, eres mi prometida y nos hemos visto abrumados por el amor de un modo tan repentino que no podemos negarlo.

–¿Esa es la historia?

–Sí. Tal y como la imaginó Amudee porque así la creerá. Fue él el que lo dio por hecho.

–Un romántico, supongo. O eso, o piensa que te mueves deprisa.

–Soy decidido y hace años que nos conocemos –la observó un instante: ojos marrones y casi almendrados, piel clara y suave. Perfección. Sus labios eran rosados y carnosos y ahora él ya sabía que estaban hechos para besar y no entendía cómo podía conocerla desde hacía tantos años y no haberla mirado de verdad nunca.

De haberlo hecho, se habría dado cuenta de que era la mujer más preciosa del mundo. Exquisita y con curvas, hermosa sin pretensiones.

–Sí, es verdad.

–Así que es lógico que después de que Hannah decidiera no seguir adelante con...

–Vale.

–Bueno, entonces vamos.

–De acuerdo.

La rodeó por la cintura.

–Tenemos que hacer este tipo de cosas –le dijo mientras sus caderas se rozaban al caminar.

Ella asintió y lo miró a los ojos, a los labios. Clara iba a matarlo.

–Un placer volver a verla, señorita Davis –dijo el señor Amudee inclinando la cabeza–. Y con un anillo según veo.

–Oh, sí. Zack... lo hizo oficial anoche. Es un placer para mí verle a usted también –tocó el anillo y Zack la rodeó con más fuerza. Le costaba respirar; había dado por hecho que se acostumbraría a sentir la calidez de su brazo rodeándola, pero no había sido así y a cada segundo que pasaba se sentía más inquieta, más excitada.

El sol ardía sobre la amplia terraza con vistas a los cafetales, pero era el tacto de Zack lo que la estaba haciendo derretirse.

–No conocí a la otra mujer con quien iba a casarse, Zack, pero he de decir, que comparando las fotos, prefiero a la señorita Davis.

–Es muy amable al decir eso –respondió Clara aunque sabía que no podía ser verdad.

–No es amabilidad –dijo Isra–. Es solo la verdad. Hace mucho tiempo estuve casado con la mujer más hermosa del mundo y por eso sé de lo que hablo. Pero estaba demasiado ocupado como para ver lo maravillosa que era, así que usted no cometa el mismo error.

Zack se aclaró la voz.

–Clara es, además, una gran entendida de nuestro producto. Sé que los dos disfrutaremos mucho de lo que veamos hoy y de las catas que hagamos.

Ya estaba hablando de trabajo. ¡Qué bien se le daba eso a Zack!

–Estoy deseando compartirlo con ustedes. Por aquí.

Lo siguieron por las escaleras que conducían al exuberante jardín lleno de fragante follaje. Caminaba muy deprisa para la edad que tenía mientras les explicaba cada planta y su fase de crecimiento y cómo el suelo y la cantidad de sombra afectarían al sabor de cada tipo de café.

El té se cultivaba en un segmento más apartado de la granja y para verlo había que subir una colina donde se estaban recolectando las hojas.

–Mucho depende del momento en que se recolecte –se agachó y agarró un puñado de hojas–. Huela. Es muy fino.

Zack las tomó en su mano, las olió y se las ofreció a Clara. Se miraron y a ella se le aceleró el corazón.

–¿Y qué clase de té será este? –preguntó ella intentando sacarse de la cabeza la mirada de Zack.

–Té blanco –respondió Zack–. ¿Es así?

–Así es –respondió Amudee–. ¿Listos para hacer la degustación?

Clara miró de nuevo a Zack al oír la palabra «degustación», que pareció evocar algo embriagador y sexual.

–Sí, creo que sí –respondió él lentamente sin dejar de mirarla.

Ella se preguntó si habrían pensado en lo mismo y se planteó qué haría si Zack quisiera volver a besarla porque no estaba segura. Mentira. Sí que estaba segura de lo que haría: lo besaría. Como si nada más importara, como si no hubiera un futuro ni consecuencias. Porque ya bastaba de no sacarle a la vida todo lo que deseaba.

Miró a Zack de nuevo, aunque ahora sus ojos eran fríos, indiferentes. Y por mucho que le dolió, intentó convencerse de que era lo mejor.

Pasó los siguientes días evitando a Zack y le resultó más fácil de lo que esperaba. Además, cuando él se reunía con Amudee y no requerían su presencia, podía aprovecharse y disfrutar de las actividades vacacionales a su disposición en el recinto.

Había un balneario y también unos restaurantes increíbles. Su rincón favorito era el tejado de la villa con sus vistas de las montañas y del pequeño pueblo cuyos tejados dorados reflejaban la luz del sol como el fuego a última hora de la tarde. Eran unas vistas perfectas para practicar yoga y eso hacía que su mente se centrara y relajara al mismo tiempo.

Incluso logró olvidarse del beso, o casi, siempre que hiciera el gran esfuerzo de no pensar en ello y siempre que se metiera en la cama con mucho sueño. Estar en la cama despierta era una receta para el desastre y para revivir aquel momento una y otra vez.

Respiró hondo e intentó centrarse en el paisaje, en el cielo de un tono naranja fundiéndose con un rosa claro que se tornaba morado a medida que el sol se elevaba por detrás de las colinas. Se centraría en eso, y no en Zack, porque esa puerta estaba cerrada.

–¿Tienes planes para hoy?

Ella se giró y el corazón se le subió a la garganta. Zack se acercó ataviado únicamente con unos vaqueros; su torso desnudo salpicado de la cantidad perfecta de vello estaba manchado de barro y cubierto de sudor. Clara tuvo que recordarse que debía respirar y no mirarle los abdominales.

–¿Qué?

–¿Que si tienes planes? Has estado ocupada, y mucho, para estar de vacaciones.

–En la villa tienen esas clases para los turistas, de costura y cosas así, y uno de los restaurantes del hotel tiene una escuela culinaria.

–Pensé que querías relajarte.

–Cocinar me relaja. Ahora podré prepararte un Pad Thai buenísimo cuando volvamos a casa.

–Eso me gusta.

–¿Qué haces despierto tan temprano?

–Trabajar antes de que el sol me achicharre. Una parte del acuerdo es que yo sepa de dónde procede todo y lo importante que es el trabajo para las familias. Estoy encantado de que vayamos a formar parte de este proceso.

–Yo también –aunque ella no formaría parte. No, una vez que todo volviera a su lugar.

–Voy a ir a Doi Suthep a ver un templo. Pensé que podrías querer venir conmigo.

Y quería. No solo por ver el templo, sino por pasar tiempo con él.

–Yo...

–¿Estás evitándome? Sé que sí, aunque no sé por qué. ¿Tiene que ver con que vayas a dejar Roasted?

–¡No!

–Entonces, ¿qué problema tienes?

–¿Tengo? –contestó furiosa–. ¿Lo dices en serio? Me has pedido que venga, que me haga pasar por tu prometida y lo he hecho. Yo no tengo ningún problema. He hecho exactamente lo que me has pedido que haga. He hecho de prometida encantadora, me he puesto el anillo sin que te hayas parado a pensar que podría no querer hacerlo. Y después me has besado. Me has besado como... como si de verdad estuvieras viviendo tu luna de miel, ¿y quieres saber qué problema tengo?

Él la rodeó por la cintura y la miró fijamente.

–Creo que sé cuál es tu problema. Creo que estás evitándome por lo del beso. Porque te da miedo que vuelva a pasar o porque quieres que pase otra vez.

–No. Ni siquiera he vuelto a pensar en ello.

–Mentirosa –agachó la cabeza y sus labios quedaron a escasos centímetros de los de ella–. Quieres hacerlo.

Y quería, de verdad que sí. Quería sus labios, su cuerpo, ¡lo quería todo!

–Cretino arrogante –le dijo con voz temblorosa–. ¿Cómo te atreves?

–¿Cómo me atrevo a qué? ¿A decir que quieres que se repita? Los dos sabemos que quieres.

–¿Y?

–¿Qué?

–¿Y si quiero? ¿Qué pasa, Zack? ¿Vamos a besarnos? ¿Vamos a acostarnos? ¿Y después qué? Nada. Los dos sabemos que después no habrá nada. Solo arruinaremos lo que tenemos.

Él le soltó la mano y dio un paso atrás.

–Lo siento.

–Últimamente me has pedido perdón muchas veces. No tienes por qué hacerlo.

–Voy a darme una ducha rápida.

–¿No vas al templo?

Zack sonrió con picardía.

–Iré. Y puedes acompañarme, si se te ha pasado la rabieta.

–La rabieta ha sido tuya, Parsons, no mía.

–Puede... –apretó la mandíbula y cerró los puños–. Supongo que estoy tenso. ¿Me acompañas o no?

Ella vaciló.

–Seré bueno, lo prometo.

–Eso no me preocupaba –le respondió Clara con una risa fingida y temblorosa.

Dudaba porque era en ella en quien no confiaba.

–A mí sí –contestó él entrando en la casa.

Sí, sin duda era ella en quien no confiaba, pensó

Clara al contemplar los músculos de su espalda y su perfecto y prieto trasero.

El templo de Doi Suthep estaba abarrotado de turistas, peregrinos espirituales y lugareños. Clara y Zack se guardaron silencio durante los trescientos escalones de ladrillo rojo que subieron hasta el templo y ella mantuvo las distancias. Estaba furiosa y no era de extrañar porque había sido un cretino, aunque todo era debido a la frustración sexual. La frustración sexual combinada con el deseo de besarla de nuevo. De hacer algo más que besarla.

Aún podía recordar la primera vez que la había visto: estaba trabajando detrás del mostrador de la pastelería y tenía las mejillas manchadas de harina. Era una monada y lo había fascinado a pesar de no parecerse a las mujeres por las que se sentía atraído. Y además de fascinarlo absolutamente había resultado que hacía unos *cupcakes* geniales y que era inteligente y divertida. La conexión emocional que había sentido con ella tras años de no conectar con nadie lo había impactado y atraído, pero había pensado que tener únicamente una amistad con ella era lo mejor para no perder el control, algo que él valoraba por encima de todas las cosas.

Esa era otra de las razones por las que había querido casarse con Hannah, porque el matrimonio proporciona estabilidad. Pero ahora eso se había ido al infierno, al igual que lo que sentía por Clara. Durante siete años había logrado mantenerla en el lugar de una amiga, su gran amiga, pero ahora su cuerpo parecía pensar por su cuenta. Había cometido un error, se había permitido demasiada libertad y había cedido al deseo de contemplar su cuerpo, de acariciar su suave piel cuando habían estado nadando y esa misma noche le había permitido protagonizar sus fantasías y había encontrado alivio con su imagen en su mente.

Había cruzado los límites dentro de su mente y precisamente en la mente era donde empezaba el control. Sin embargo, le resultaba difícil lamentarlo porque desearla era una experiencia exquisita y sentir deseo por ella era todo un placer.

Ahora su corto vestido de tirantes no estaba ayudándolo aunque, por suerte para él, Clara había tenido que comprarse unos pantalones de seda para poder acceder al templo.

Aun así, con las piernas cubiertas, resultaba una tortura verla suspirar de emoción ante todo lo que estaba viendo y oyendo.

–Increíble –exclamó con una voz sensual que lo excitó.

–Sí –respondió él mirándola, en lugar de contemplar el inmenso templo cargado de oro.

Se obligó a apartar la mirada de ella y centrarse en las estatuas, las fragantes ofrendas de fruta, flores y dulces colocadas ante las distintas deidades y los monjes vestidos de naranja y moviéndose entre la multitud. Todo aquello era increíble, pero nada lograba resultarle tan interesante como la mujer que tenía a su lado.

–¿Lo has estado pasando bien?

–Más o menos –le respondió ella mirándolo de soslayo y sonrojándose.

–Con el menos te referirás al momento en que fui un cretino y te besé, ¿verdad?

Ella resopló.

–Más bien a lo de que fuiste un cretino porque, por otro lado, resultó que sabes besar bien.

–¿Entonces eso no te importó?

–No tanto como debería.

–Me alegra saber que no soy el único.

–No estoy segura de que eso ayude mucho.

–Tal vez no.

–Entonces... ¿existe alguna solución?

Ella posó la mano sobre uno de los murales y trazó con el dedo la silueta de un elefante blanco.

Zack le agarró las manos temblando como si fuera un adolescente virgen.

–Déjame ver.

Le rozó los labios y en esta ocasión fue despacio como pidiéndole permiso. Ella no se movió, pero cuando él intensificó el beso la sintió derritiéndose bajo él y, al instante, sus lenguas se encontraron. Cuando se apartó, la miró fijamente.

–¿Cómo te sientes?

–Iba a preguntarte lo mismo.

–El techo no se ha hundido.

–No.

–Es bueno saberlo –dijo Clara con una sonrisa.

–Me alegra que te reconforte.

Ella se rio y sus mejillas se encendieron.

–Puede que «reconfortar» no sea la palabra adecuada.

Zack deseaba que todo lo que estaba sintiendo por Clara le resultara extraño e incómodo, pero no era así porque esos sentimientos siempre habían estado ahí, al acecho. Ignorados, pero ahí.

–No. No lo es.

Habían pasado la mayor parte del día en el templo y después habían tomado un coche hasta Chiang Mai donde habían recorrido las calles, habían hecho compras y habían visto los adornos de un festival que se celebraría esa misma noche.

Por las calles había gente, música, risas y movimiento y del aire pendía un perfume a flores mezclado con el aroma de los puestos de comida. Era un olor que llenaba los sentidos, pero que a pesar de ello no era capaz de desbancar la presencia de Zack ni borrar la huella que había dejado su beso, más tierno y sexy que el primero.

Había deseado más, no solo desde un punto de vista sexual, sino también emocional, aunque de nada servía pensar en ello. Tal vez algo de comida la ayudaría a despejarse.

–No necesito esto en absoluto –dijo frente a un puesto de plátanos fritos.

–Pero lo has comprado –respondió él llevándose a la boca un pedazo de plátano.

–Es solo porque los dulces son mi campo de conocimiento. Tú estás aquí por las hojas de té y los granos de café, pero yo estoy aquí por el maridaje, ¿verdad? Esto se llama investigación, es para el trabajo. Tengo que captar el nuevo y exótico sabor de Chiang Mai. Aunque tendré que ignorar las calorías.

Esquivaron a un repartidor en bici y cruzaron la bulliciosa calle en dirección al río que cruzaba la ciudad.

–No tienes que preocuparte por eso. Eres perfecta.

–Lo dices por decir.

–No.

Clara respiró hondo y alzó la mirada hacia los farolillos que colgaban de los árboles.

–Deberíamos hacer esto más. En casa.

–¿Comer?

–No. Hacer cosas. Casi todo el tiempo estamos trabajando o cenando en mi casa o viendo una peli en la tuya. A veces salimos a almorzar fuera, pero solo en días de trabajo, así que no cuenta.

–Estamos ocupados.

–Somos adictos al trabajo.

Zack dejó de caminar, tomó un mechón de su pelo entre sus dedos y lo acarició.

–¿Por eso vas a dejarme?

–No voy a dejarte. Solo dejo la empresa.

–¿Qué necesitas? Yo te lo daré.

–No lo entiendes, Zack. Se trata de tener algo mío.

–¿Roasted no es suficiente para ti? Has estado ahí desde el principio, más o menos. Me has ayudado a crearlo tal y como es ahora.

–No. Yo solo elaboro *cupcakes* y hay mucha gente que puede hacer mi trabajo.

–Pero ellos no son tú.

Clara cerró los ojos y se dejó invadir por el cumplido.

–No, algunos son incluso mejores.

Se abrió paso entre la multitud y fue hasta la orilla donde la gente se arrodillaba para dejar en el agua sus centros de flores iluminados con velas. En la otra orilla había gente encendiendo farolillos de papel y un tono anaranjado iluminaba el oscuro cielo.

Zack estaba tras ella, podía sentirlo sin darse la vuelta.

–Me alegra que hayamos venido aquí esta noche.

Zack hundió los dedos en su cabello y se lo echó sobre un hombro dejando su cuello al descubierto. No solía tocarla de ese modo, pero esa noche no lograba contenerse. Las cosas se estaban poniendo tensas y el beso en el templo no había ayudado a calmarlas.

Clara se giró y él pudo sentir cómo cambió la energía entre los dos, como si un cable los conectara; un cable que había sido invisible durante años y que de pronto era recorrido por electricidad de alto voltaje. Sabía que ella también lo sentía.

–Hemos estropeado cosas, ¿verdad?

–¿Lo dices por los besos?

–No puedo olvidarlos.

–Yo tampoco. Y no estoy seguro de querer hacerlo.

Ella respiró hondo.

–Eso es justo lo que estaba pensando antes.

–¿Sí?

–Sí. Debería querer olvidarlo, los dos deberíamos, para que las cosas volvieran a su lugar, pero...

–¿Crees que podríamos empeorar las cosas más? ¿O ya está hecho todo el daño?

–No tengo ni idea.

Todo su ser le pedía a gritos que diera un paso atrás porque sería un movimiento que afectaría a su vida, y él ya no hacía las cosas así, no desde aquella noche cuando tenía dieciséis años y había actuado sin pensar, impulsivamente, y lo había echado todo a perder.

Ya no era esa persona, se había asegurado de ello. Y, si no se apartaba de Clara ahora, de la tentación que representaba, estaba exponiéndolos a los dos a posibles repercusiones negativas.

Sin embargo, dio un paso al frente y la besó de nuevo.

–Zack –le susurró ella.

–Clara.

–¿Estamos intentando ver si podemos empeorar más las cosas?

–La verdad es que yo no estoy pensando nada. Solo estoy centrado en lo que siento ahora mismo.

–¿Y qué sientes?

–Te deseo.

Ella vaciló y su corazón se encogió.

–¿Me deseas? ¿O quieres tener sexo conmigo?

Él se quedó mirándola un largo instante con unos ojos que reflejaban el brillo dorado del río.

–Te deseo, Clara Davis. Cuando te tenga, no pensaré en nadie más. Solo tendré sitio para ti.

Sus palabras fueron como un bálsamo para su alma, exactamente lo que necesitaba oír. Pero ahora la pregunta era: ¿quería aceptar una relación física cuando eso solo era una parte de lo que de verdad quería? «Ahora solo tienes una parte de lo que quieres. Una parte muy pequeña».

–Solo esta noche.

Sabía con seguridad que no compartirían un futuro amoroso porque, aunque estaba segura de que lo amaba, él no la amaba a ella. Pero, si algo físico era lo único que podía tener, prefería aceptarlo a no tener nada. Ahora mismo lo tomaría sin pensar en las consecuencias porque prefería tenerlo esa noche y llevarse consigo el agradable recuerdo.

–Una noche –repitió–. Aquí. Lejos de la realidad. Lejos del trabajo y de casa. Porque... no podemos seguir así. No puede ser sano.

–Solo una noche. Una noche para explorar esto –le acarició la mejilla–. Para satisfacernos. ¿Es eso lo que quieres de verdad?

–Te deseo. Mucho.

La besó sin preliminares esta vez y su erección ejerció presión contra su vientre mientras su boca la atormentaba de un modo delicioso. Ella lo rodeó por el cuello y se entregó al calor que fluía entre los dos. Cuando se apartaron, se sentía como si estuviera flotando por el aire.

Una noche. La idea la excitaba y aterrorizaba. No sabía en qué estaba pensando, pero una cosa sí que sabía: él la deseaba. Pensar que el perfecto y sexy Zack la deseaba resultaba embriagador y quería regodearse en esa sensación aunque fuera por una sola noche. Una noche en la que tendría al hombre de sus sueños.

Una noche con la que crear un recuerdo que llevaría consigo el resto de su vida.

Capítulo 7

ESTABAN en el dormitorio. Respiró hondo. No iba a preocuparse por qué puesto ocuparía con respecto a sus otras amantes porque esa noche era suya. Era la culminación de una fantasía, de todos los anhelos que había albergado desde que Zack había entrado en la pastelería siete años atrás y le había ofrecido un empleo.

La llevó hacia él y la besó con frenesí. Ella sentía también el mismo deseo incontrolable que nadie más la había hecho sentir. Nadie más había logrado que olvidara sus convenciones, todas sus reglas, y siguiera únicamente los deseos más indómitos de su cuerpo.

–Te deseo –le dijo con la voz quebrada. Tenía que decirlo porque, de lo contrario, estallaría.

–Y yo a ti. He pensado en esto antes –le respondió mientras se desabrochaba la camisa y dejaba al descubierto ese tonificado torso–. He pensado en cómo sería verte.

–¿Verme?

–Desnuda.

–¿Sí? –le preguntó, ahora con voz temblorosa. No quería que la viera. Que la acariciara, sí. Que la saboreara, claro. Pero ¿que la viera?

–Claro que sí. He intentado no pensar demasiado en ello porque trabajas para mí, porque eres mi amiga. En mi vida todo tiene su sitio y el tuyo nunca había estado en mi cama, al igual que no debía imaginarte desnuda. Pero lo he hecho de todos modos.

–Me cuesta creerlo.

–¿Por qué? –se quitó la camisa y la dejó caer al suelo antes de llevarse las manos al cinturón.

–Porque soy... del montón.

Él se rio y sus manos se detuvieron sobre la hebilla.

–La culpa la tiene tu madre por hacerte creer toda esa basura –dio un paso hacia ella y le acarició la mejilla–. Eres exquisita. Tienes una piel perfecta. Y tu cuerpo... –puso la otra mano en su cintura–. Anoche pensé en ti. En esto. En lo preciosa que estarías.

Automáticamente, ella retrocedió ligeramente.

–¿Qué?

–Yo no... ¿Qué tenía Hannah? ¿Una talla treinta y dos? Yo no tengo una treinta y dos.

–La belleza no está en la talla. No me importa lo que ponga en la etiqueta de tus vestidos. No me importa cómo sea tu hermana o cómo cree tu madre que deberías ser tú. Sé lo que veo y tienes unas curvas que cualquier mujer envidiaría.

Zack la giró lentamente y, protegida en sus brazos, no se sintió tan desnuda. Lo miró a los ojos, tan familiares y diferentes al mismo tiempo. La realidad del momento la golpeó con fuerza: estaba a punto de estar con Zack, de hacer el amor con él. Empezó a temblar y él la abrazó.

–¿Estás bien?

–Sí –respondió con voz temblorosa–. Estoy bien.

–¿Por qué estás temblando? Sé sincera.

–Porque estoy contigo.

Él ladeó la cabeza y la besó mientras ella cerraba los ojos decidida a disfrutar del momento, del calor de su boca, del tacto de su lengua. Decidida a creer que era la mujer que él deseaba.

Zack le desabrochó el sujetador.

–He dicho que eras perfecta, pero no sabía hasta qué punto.

Un intenso calor se extendió por todo su cuerpo y hubo una lucha entre el deseo y la vergüenza.

Él cubrió sus pechos con sus manos y acarició sus pezones y en ese momento el deseo venció. Clara se sacudió de placer, su abdomen se tensó y su cuerpo se preparó para él. Estaba a punto de llegar al clímax solo con el roce de sus manos tal vez porque en su mente había encontrado el placer con él muchas veces. Se agarró a sus brazos, hundió las uñas en su piel y, en cuanto ese paralizante placer se disipó, la vergüenza la invadió. No podía creer que hubiera tenido un orgasmo tan rápido.

–Yo... –lo miró a la cara y vio una expresión de pura satisfacción masculina combinada con una excitación total. Al instante, toda esa vergüenza se esfumó y ella comenzó a desabrocharle el cinturón.

Zack la llevó hacia sí y la besó como un hombre hambriento mientras ella lo desnudaba. Rodeó su miembro con sus dedos y ejerció presión queriendo tocarlo, saborearlo por todas partes. Hacerle sentir la mitad de lo que él le había hecho sentir a ella.

Él posó la mano sobre su muslo y le echó la pierna sobre su cadera antes de levantarla en brazos y llevarla a la cama donde se tendió sobre ella haciéndola sentirse femenina y bella. Deslizó la punta de la lengua sobre sus pezones y Clara se arqueó hacia él sin dejar de mirarlo.

–Tienes mucha sensibilidad aquí. Me encanta.

–A mí también –respondió. Era la primera vez que le gustaba su cuerpo.

Zack le bajó las braguitas.

–Me remito a lo que he dicho antes. Perfección –le besó las costillas, bajo los pechos, y en el ombligo–. Estás diseñada para recibir placer, eres exquisita.

Descendió hasta sus muslos y deslizó la lengua sobre su clítoris. Un blanco calor recorrió el cuerpo de Clara y un intenso placer tensó sus músculos mientras se agarraba a las sábanas. Hundió un dedo en su interior y ella pensó que iba a estallar. Después otro dedo se unió al primero y un ligero escozor atravesó el placer. Contuvo el aliento un momento y esperó a que se disipara porque sabía que Zack se encargaría de ello. Y así fue.

–No puedo esperar más –le dijo él con la voz ronca.

–Yo creo que tampoco.

Se adentró en ella y se retiró por completo al instante maldiciendo.

–¿Qué? –preguntó Clara esperando que no tuviera nada que ver con su virginidad.

–Preservativos –dijo sacando uno de la mesilla y poniéndoselo.

–Ah, vale –ella también debería haber pensando en eso, pero tenía tantas emociones llenándola que casi se había olvidado de lo más importante.

Al momento, él ya estaba preparado de nuevo y fue abriéndose camino en su interior. Al principio resultó algo incómodo, pero no doloroso. Zack flexionó las caderas y rozó su pelvis contra su clítoris exactamente en el ángulo correcto. Sentirlo en su interior fue tan increíble que no podía dejar de gemir de placer. Todo estaba siendo mucho más perfecto de lo imaginado.

Lo rodeó con sus piernas y se aferró a él moviéndose con el ritmo de sus caderas y sintiendo cómo el placer iba tomando forma y fuerza en su interior hasta hacerle creer que estallaría en mil pedazos si no encontraba un escape. Pero al instante estaba dejándose llevar, liberándose, llenándose de amor y de placer, hundiendo las uñas en su piel y cerrando los ojos con fuerza. Y no intentó contener los gemidos ni se avergonzó por estar moviéndose contra él sin control porque el cuerpo de Zack también estaba sacudiéndose, temblando, llegando al clímax.

Con la respiración entrecortada, él se tendió sobre ella.

–¡Vaya! –exclamó Clara.

Zack se apartó y apoyó un brazo sobre su cuerpo. La observó como si quisiera preguntarle algo.

–Nunca te has pensado las cosas antes de decírmelas. No empieces ahora. Aunque, mejor pensado, solo tenemos una noche, así que ¿por qué hablar?

–Me parece una buena idea. Ahora mismo vuelvo.

Entró en el baño y salió un momento después.

–¿Y qué propones que hagamos si no es hablar?

Clara se arrodilló, fue al borde de la cama y lo rodeó por el cuello totalmente desinhibida.

–Seguro que se nos ocurren unas cuantas cosas.

Era su única noche con el hombre que amaba y no se perdería nada.

La mañana llegó demasiado deprisa y la luz atravesó la cortina de gasa que rodeaba la cama trayendo consigo la realidad del momento.

No quería que la noche terminara. Se había sentido como una princesa, bella y deseada. Había cumplido su sueño. Pero esa mañana se sentía como si se hubiera convertido en una calabaza.

Miró al hombre que dormía a su lado, el único al

que había deseado, al que había amado. Y hoy tendría que levantarse y olvidar que todo eso había sucedido y dejarlo relegado al apartado de «recuerdos perfectos».

–Todo está listo para que el avión salga en una hora aproximadamente –le dijo Zack con los ojos aún cerrados.

–De acuerdo –respondió ella saliendo de la cama y cubriéndose con la sábana ante la luz del día. Podía sentirse sexy y cómoda con su desnudez cuando él la miraba como si la deseara y fuera un tesoro preciado, pero no era tan fácil hacerlo cuando él mostraba tan poco interés.

–Voy a darme una ducha muy rápida.

Y con eso salió corriendo al baño, abrió el grifo del agua y se sentó sobre la tapa del inodoro dejando que las lágrimas cayeran por sus mejillas y esperando que el sonido del agua anulara el sonido de sus sollozos.

Zack se incorporó en la cama maldiciendo. La noche anterior había sido una aberración que no podía repetirse por muy ardiente e increíble que hubiera sido. Casi había olvidado usar preservativo y Clara había resultado ser virgen.

Si se hubiera parado a pensarlo un momento, se habría dado cuenta por lo nerviosa que estaba. La conocía muy bien, tanto como para saber que no era mujer de una sola noche y que era sensible, emocional y dulce. Sintió náuseas. Seguramente ni siquiera estaba tomando la píldora y cabía la posibilidad de que cuando había estado en su interior sin protección hubiera cometido un error. Golpeó la mesilla de noche con el puño y se levantó para recoger su ropa. ¿Es que seguía siendo tan estúpido ahora como hacía catorce años?

El corazón se le paró un instante mientras al recordarlo. No. Había trabajado mucho para dejar atrás esa persona, ese chico que había sido tan irresponsable y que había generado tanto daño.

La noche anterior había perdido el control y con Clara, precisamente. No podía volver a pasar. No pasaría más.

Clara apareció unos momentos más tarde con el rostro fresco y sonrosado y el pelo mojado y ondulado. Llevaba unos vaqueros y una camiseta que no pudieron evitar que en su mente la recreara desnuda, como la había visto la noche anterior. Pura perfección. Mejor de lo que podía haber imaginado.

–¡Eh! –le dijo ella intentando sonreír aunque no con mucho éxito.

–¿Estás bien?

–Estoy bien.

–¿Estás tomando la píldora?

–No –respondió algo extrañada.

A Zack lo invadió el pánico e intentó controlarlo.

–¿Por qué no?

–¿Qué? Lo siento, ¿tenía que haber empezado a tomarme la píldora por si acaso me invitabas a tu luna de miel y nos enrollábamos? ¡Era virgen, bruto!

–¡Lo sé! –le gritó–. Lo sé –repitió más suavemente esta vez.

–Utilizaste preservativo –le dijo ruborizada.

–Sí, al final. Pero existe la posibilidad de que esa especie de descuido te haya dejado embarazada. No es una posibilidad grande, pero existe.

–Yo... lo dudo.

–Pero existe la posibilidad. Normalmente tengo más cuidado.

–Zack, creo que estás exagerando.

–¿Es eso lo que crees? Lo crees porque no piensas que pueda pasar, pero está claro que nunca te has quedado embarazada y yo sí que he dejado embarazada a una mujer, así que creo que sé un poco más sobre lo que puede pasar. ¿Sabes lo que es enterarte de que toda tu vida va a cambiar por un instante en el que fuiste egoísta y solo buscabas un segundo de placer?

A Clara se le subió el corazón a la garganta. No podía respirar. Era como si la armadura que siempre protegía a Zack se hubiera desmenuzado dejando al descubierto al hombre que se ocultaba bajo esa fachada. Era el hombre que había visto a veces en la oscuridad de su mirada.

–Tenía dieciséis años y me interesaba más hacerlo que utilizar protección. Resulta que se puede dejar embarazada a una mujer solo con una vez, a pesar de los rumores que corrían por el instituto.

Ella no le preguntó nada cuando se quedó en silencio; simplemente dejó que su silencio llenara la habitación. El dolor de Zack la invadió y fue devastador porque conocer ese hecho la cambiaría a ella al igual que había cambiado a Zack.

–No quería un bebé, pero íbamos a tener uno. Ella lo quería y yo no. Pero encontré un trabajo para poder pagar las facturas del médico y poder ayudarla a criarlo porque al menos sí que sabía que debía hacer lo correcto. Llegó demasiado pronto y, para cuando me di cuenta de lo mucho que lo quería y significaba para mí, ya fue demasiado tarde. Murió.

Clara intentó contener un sollozo.

–Y esa es otra de las razones por las que Hannah era perfecta para mí. No quería tener hijos.

–Tú... ¿tú no quieres tener hijos?

–Ya tuve uno, Clara, y jamás volvería a pasar por aquello. Casi morí con él y nunca cometo el mismo error dos veces. Ahora tengo cuidado.

Menos la noche anterior.

Ahora Clara deseaba que no se hubieran acostado nunca porque quería reconfortarlo como a un amigo, pero ya no estaba segura de cuál era su lugar ni de lo que tenía que hacer; de lo que él esperaba o le permitiría porque ahora lo veía como un extraño y se preguntaba si ese hombre que parecía tan duro y frío era el mismo que había visto cada día durante los últimos siete años.

–¿Cómo lo superaste?

–No necesito hablar de ello, Clara. Nunca hablo de ello. Esto no es una invitación para que me psicoanalices, pero ahora ya sabes por qué insisto en tener cuidado. Eso es lo más importante de la historia. Ya me dirás si estás embarazada.

–Te lo diré, pero estoy segura de que todo está bien.

Él se dio la vuelta y se puso la camisa.

–Todo irá bien –le repitió, aunque no estaba segura de creerlo.

Capítulo 8

EL VUELO de vuelta a San Francisco fue una tortura; Zack apenas le habló y ella se sentía dolorida después de la primera vez y con el corazón destrozado. Él se mostraba muy sereno, centrado en el trabajo y no en ella ni en la revelación que le había hecho.

Clara sentía que ella misma había cambiado y dudaba que Zack fuera la misma persona.

–Creo que me tomaré un par de días libres para recuperarme del jet lag.

–Bien –le respondió él, inmerso en su portátil.

La frialdad de su respuesta la hizo temblar.

–Y estoy pensando en comprarme un poni.

–No tienes sitio para tenerlo.

–Uno pequeño. Para el jardín de la azotea.

–Tus vecinos se quejarían.

–No me gustan mis vecinos –y con ese comentario se ganó una ligera sonrisa–. Bueno, ¿cuál es el plan cuando volvamos a la civilización?

–Con un poco de suerte, las cosas volverán a la normalidad.

¿Suerte para quién? ¿Y qué consideraba normalidad?

–De acuerdo.

–Te necesitaré en Roasted hasta que Amudee firme el contrato.

–De acuerdo –se miró la mano; el anillo seguía ahí–. Supongo que querrás que te lo devuelva –se lo quitó, se levantó y fue a su asiento para dejarlo sobre su mesita–. Ya no lo necesitamos.

¡Qué alivio habérselo quitado!

–No, no lo necesitaremos –le respondió mirándola a los ojos y excitándola con ello.

–Genial. Yo... eh... voy a intentar dormir.

Y mientras se quedaba dormida en el dormitorio del avión, intentaba no sentirse decepcionada por el hecho de que Zack no se hubiera unido a ella.

–Amudee va a venir.

Clara levantó la vista y vio a Zack por primera vez desde que habían aterrizado en San Francisco tres días antes. Se había tomado dos días libres y el día anterior se había colado en la oficina como una ladrona para trabajar intentando esquivarlo. ¿Cobarde? Sí.

–¿Qué?

–Va a venir para ver cómo funcionamos. Quiere hablar con los empleados y ver dónde trabajamos y si lo hacemos de manera ética.

Se metió la mano en el bolsillo y sacó una cajita de terciopelo muy familiar.

–Tenemos que seguir con ello y todos los empleados tienen que creérselo también.

–Zack, esto tiene que acabar.

–Lo hará y te daré todo el dinero que necesites para abrir tu negocio. Tendrás mi bendición y café Roasted gratis los cinco primeros años, pero quiero que este contrato salga adelante.

–Es irónico que estés intentando convencerlo de tu ética de trabajo empleando una mentira.

–Y es extraño que tenga que ser necesario hacerlo, ¿no crees?

–Es un buen hombre.

–Y un romántico, al parecer. Te adora. Quiere asegurarse de que nos ve juntos como pareja mientras esté aquí.

–Menudo lío –dijo bruscamente soltando el lápiz.

–Sí, ¿verdad?

El aire que los rodeaba pareció crepitar y todo se detuvo un momento.

–Póntelo.

–Te lo devolví.

–Clara, necesito que hagas esto por mí.

Furiosa, agarró la cajita y se puso el anillo.

–Ya está.

–Venga, vamos.

–¿Qué?

–Tenemos que hacer un anuncio.

–Zack...

–Acabemos con esto y luego podrás marcharte.

–De acuerdo –se levantó, bordeó el escritorio y él la rodeó por la cintura.

El contacto hizo que un intenso calor estallara en el interior de Clara y al instante se vio asaltada por imágenes de su noche juntos. Su boca, sus manos, cómo había sido sentirlo encima, dentro de ella. Era una tortura.

–Clara y yo tenemos un anuncio que hacer –les dijo al grupo de empleados de esa planta.

Al instante, diez cabezas se giraron hacia ellos y a Clara empezó a palpitarle el corazón con fuerza. Una cosa era mentir a un hombre al que no conocía y otra muy distinta mentir a gente a la que consideraba sus amigos.

–Vamos a casarnos.

–¡Gano la apuesta! –dijo Cynthia, una mujer canosa y con arrugas de expresión marcadas, dirigiéndose a Jess, que maldijo y sacó su monedero.

–¿Qué es esto?

–Enhorabuena –dijo Cynthia sonriendo–. Hemos hecho apuestas y yo aposté a que os casaríais. La mayoría cambiaron de opinión cuando el señor Parsons se comprometió con otra, pero yo me mantuve en mi apuesta y ahora recojo sus frutos.

–Increíble –murmuró Clara.

–Está claro que no os pongo demasiado trabajo.

–¡Bésela! –le gritó Jess.

Clara se tensó y Zack la miró mientras le acariciaba la barbilla. Agachó la cabeza y la besó; fue un beso perfectamente apropiado para darle ante sus empleados, nada escandaloso ni sexual, aunque a ella la sacudió por completo.

–Podéis comunicar la noticia –les dijo antes de llevarla hacia su despacho.

Cerró la puerta, fue hasta la ventana con vistas a la bahía y se quedó de espaldas a ella.

–Buen espectáculo –dijo Clara con frialdad.

–Podrías haber estado un poco menos tensa –le respondió sin girarse para mirarla.

–Tú... –furiosa, cruzó la habitación–. Tú... –lo agarró de la solapa de la chaqueta, se puso de puntillas y lo besó con toda la pasión y la frustración que sentía.

Él la rodeó por la cintura y la arrastró contra su cuerpo y su erección. La llevó contra la pared y saboreó sus labios con frenesí. Clara pasaba los dedos por su pelo y se aferraba a él devolviéndole cada caricia, cada beso. Necesitaba más, más deprisa. Ahora. Le quitó la chaqueta y tiró del nudo de la corbata mientras él le acariciaba los muslos y le subía la falda. Clara echó una pierna alrededor de su pantorrilla y se arqueó contra él.

Zack apartó la boca y se agarró a la pared con la respiración entrecortada y, al instante, el horror de lo que había hecho asaltó a Clara, fue como un jarro de agua fría. Se coló por debajo de su brazo y se apoyó en el escritorio.

–Esto no debería haber pasado.

–Por más de una razón –le respondió Zack.

–¿Por qué no las enumeras?

–Muy bien: dijimos una noche y significas mucho más para mí que esto.

–¿Que qué?

–Que enrollarnos contra la pared. Que vengas al trabajo esquivándome porque nos acostamos. Para mí significas mucho más que el sexo.

Eso le dolió, y tal vez no debería haberlo hecho, pero ella no podía separar el sexo de lo que sentía por Zack. Lo amaba y el sexo había sido una expresión de ello. Estar unida a él íntimamente lo había significado todo. Pero no para él.

–Genial, aunque no creo que signifique tanto cuando me utilizas como tu falsa prometida.

–Pues entonces márchate, Clara. Si no quieres hacerlo, no lo hagas. No te tengo de rehén, pero entiende que probablemente perdería el acuerdo con Amudee y no podría conseguir el producto para abrir las nuevas tiendas. Y aun así seguiría buscando un producto aceptable y eso me supondría mucho tiempo y dinero. No se trata de un chantaje emocional, es la realidad.

Clara lo miró; ahora lo conocía de otro modo porque conocía su cuerpo y su pérdida. Y, si antes le habría resultado imposible alejarse de él, ahora lo sería aún más.

–Lo haré. Interpretaré mi papel, aunque no esperaba que fuera a llegar tan lejos.

–Lo sé, pero teníamos un trato. Todo terminará cuando la tinta del contrato se haya secado. Me diste tu palabra.

–Es un golpe bajo, Zack.

–Es verdad, pero yo he estado a tu lado cuando me has necesitado. Te sujeté el pelo mientras...

–Lo sé. Indigestión. Por favor, no saques el tema –Zack la había visto vomitar y, a pesar de la humillación, lo había tenido a su lado. Se tenían el uno al otro siempre.

–Lo que quiero decir es que te he ayudado. Ayúdame tú. Te lo pido como amigo, no como jefe. Como tu amigo.

Ella apretó los dientes, nerviosa e invadida por una emoción que no lograba identificar.

–¿Y cuándo llega el señor Amudee?

–Estará en la oficina mañana por la mañana, así que estaría bien que llegáramos juntos.

Si dormían juntos, sería más fácil todavía ir juntos al trabajo, aunque eso Clara no se lo dijo. No lo haría. Una sola noche había sido el trato.

–Pues mañana nos vemos.

–Deberíamos marcharnos juntos también.

–Puede que sí –lo cual significaba que tendría que esperarlo hasta que terminara–. Iré a las cocinas a investigar con recetas.

–Te buscaré abajo cuando termine.

–Hasta luego.

Con suerte, un poco de terapia repostera la ayudaría a despejarse la mente porque, de lo contrario, estarían en un buen lío.

Para cuando Zack bajó a las cocinas había perdido todo control sobre su libido y su actitud. No, no se sentiría satisfecho hasta que volviera a meterse en la cama con ella o lo hicieran contra la pared. Por eso había dejado de besarla, porque no tenía preservativo.

Siendo adulto no había tenido muchas amantes porque había preferido tomarse las cosas con calma, y le gustaba que las mujeres tomaran la píldora a la vez que él usaba preservativo.

Pero con Clara se había relajado y, por primera vez desde el instituto, se había saltado unos cuantos pasos y había estado a punto de volver a hacerlo en su despacho, desesperado por estar con ella, por estar dentro de ella. Y todo porque desde que habían regresado a California no se había sacado de la cabeza la noche que habían compartido. Había soñado con ello y, las veces en que no había estado recordándolos haciendo el amor, había estado reviviendo el momento en que le había hablado de su hijo.

Él nunca hablaba de Jake; no desde que había muerto en el hospital con solo unos días de vida. Ese suceso lo había cambiado todo. Antes de aquello había sido un niño mimado, hijo único y destinado a pasar por la universidad con una beca de rugby. Lo había tenido todo, pero al nacer Jake había sentido el peso de la obligación. Y cuando el bebé había muerto, ya no había vuelto a ser el mismo porque había visto todo lo que había hecho mal.

Por eso se había marchado dejando atrás quien era y a todos los que conocía. Y cada día que pasaba había sido como un día más lejos de aquella terrible experiencia en el hospital; lejos del día en el que le pareció como si alguien hubiera hundido la mano en su corazón y le hubiera arrancado todas las emociones y las hubiera distorsionado.

Desde entonces había querido control en su vida y sopesar las consecuencias de sus actos.

No estaba seguro de por qué se lo había contado a Clara cuando nunca se lo había contado a ninguna otra mujer, pero tal vez fue porque era la única persona que había formado parte de su vida con regularidad durante casi una década. Y ahora posiblemente lo había estropeado todo acostándose con ella, besándola, y pidiéndole que hiciera de su prometida en su luna de miel.

Empujó las puertas dobles de las cocinas y vio a Clara agachada frente a uno de los hornos.

Aprovechó para disfrutar de las vistas y de cómo su falda se ceñía a sus curvas. Era un crimen que la hubieran hecho sentirse insegura por esas curvas... las mismas que lo habían vuelto loco en la oficina cuando a punto había estado de...

–¡Oh! No sabía que estabas aquí –le dijo ella al girarse.

–Acabo de entrar. ¿Qué me has preparado?

–Creo que te gustarán. Están enfriándose. Mañana los serviré a la hora del almuerzo.

–¿Nueces?

–No. Son de crema de naranja. Y no me mires así, te gustarán –le ofreció un *cupcake* anaranjado con cobertura blanca y brillantes cristales de azúcar por encima–. Tiene ralladura de naranja en la masa y crema bávara en el centro y la cobertura es de crema de mantequilla.

–Todo lo que me gusta –dijo y le dio un mordisco.

Sin duda, Clara era un genio. Lo había hecho triunfar y ahora se marcharía.

–Está bueno.

–¿Lo ves? Te lo he dicho.

–Y yo te he dicho que no será fácil reemplazarte. Eres la mejor.

–Me alegro de que te guste –le respondió con una triste sonrisa.

Zack no iba a preguntarle qué le pasaba porque no estaba seguro de poder solucionarlo y temía ser la causa de su angustia.

–¿Lista para irnos?

–Sí, lista. Oh, espera –se detuvo y fue hacia él con la mirada clavada en su boca. Al instante Zack se tensó y su cuerpo se encendió, preparado para acariciarla, besarla. Ella alargó la mano y posó el pulgar en la comisura de su boca–. Te habías manchado de cobertura –le dijo con un tono dulce que lo atormentó.

Iban a ser unas semanas muy interesantes.

Capítulo 9

NO TE voy a morder.

Clara miró a Zack desde el asiento del copiloto de su pequeño deportivo. Estaba agarrada al tirador de la puerta y tenía el hombro pegado a la ventanilla dejando entre ambos el máximo espacio posible. Lo primero que se le ocurrió decir fue «qué pena», pero contuvo esas palabras porque no flirtearía con él. No.

–Lo sé.

–Pues deja de agarrarte al tirador como si estuvieras pensando saltar del coche.

Ella se rio a pesar de que por dentro no sentía ningún tipo de diversión.

–No lo haré, te lo prometo.

–Bien –estacionó en el aparcamiento subterráneo de Roasted en la segunda plaza más próxima al ascensor; la primera se la había cedido a ella años atrás y a Clara le había encantado el detalle.

Apagó el motor y bajó a abrirle la puerta.

–¿Vas a quedarte ahí sentada todo el día? Porque tenemos una reunión.

Dentro del ascensor la tensión era palpable y tan densa que a Clara le costaba respirar. Y parecía que a él también, lo cual la hizo sentirse mejor. Ligeramente.

–Bueno, ¿a qué hora viene?

–Pronto –le respondió con la mirada fija en las puertas.

–Oh.

El ascensor se detuvo y, una vez las puertas se abrieron, Clara casi suspiró de alivio.

Cuando llegaron a la zona de recepción los empleados, que estaban reunidos y devorando los cupcakes que Clara había hecho la noche antes, se detuvieron y los aplaudieron. Ella agachó la cabeza y les sonrió y, como estaba demasiado ocupada intentando no morir de humillación, no pudo fijarse en si Zack les había respondido con algún gesto.

El ascensor de puertas doradas que los llevaría a sus despachos estaba justo delante. Corrió hacia él y Zack entró después de ella cuando las puertas ya estaban cerrándose.

–¡Qué de ascensores!

–¿Te supone algún problema?

–En absoluto.

Dos interminables minutos después estaban en la planta de sus despachos.

–Tengo trabajo que hacer –dijo Clara dirigiéndose a su despacho, su santuario.

–No hay tiempo. Amudee ya está en el edificio. Ven a mi despacho.

Posó la mano en la parte baja de su espalda y la llevó hacia allí. Cuando cerró la puerta, a ella la sacudió una terrible y ardiente sensación de *déjà vu* y, justo cuando Zack dio un paso en su dirección, sonó el intercomunicador.

–¿Señor Parsons? El señor Amudee está aquí.

–Hazlo pasar.

Ojalá se hubiera quedado aliviada, pero más bien

se había quedado decepcionada por no poder experimentar el resultado del paso que había dado Zack, de lo que habría intentado hacer.

La puerta del despacho se abrió y la razón de su farsa entró tan alegre y sonriente como siempre.

–Me alegro de volver a verles. Zack, he parado en uno de sus establecimientos de camino aquí y me he quedado impresionado.

–Gracias, señor Amudee –respondió Zack con actitud encantadora.

Mientras observaba la forma de trabajar de Zack, se sentía maravillada. Verlo en acción siempre era increíble. Era inteligente y astuto y lo mejor de todo era que era un hombre de ética, y por eso trabajar con Amudee era tan importante, porque no solo quería importar café y té de una granja, sino que no quería que nadie fuera explotado para que él saliera beneficiado.

Jugueteó con el anillo, el mismo que había pertenecido a Hannah. Sería una mujer feliz cuando pudiera quitárselo, eso seguro.

–Entonces, ¿cenamos esta noche? –dijo Zack–. ¿Clara?

–Oh, sí. Esta noche.

–Y hoy me gustaría enseñarle las oficinas corporativas para que vea cómo dirigimos aquí las cosas.

El señor Amudee asintió y empezó a salir del despacho con Zack.

–Bueno, creo que iré a mi despacho a trabajar un poco entonces.

–Genial –se acercó y la besó en la mejilla antes de salir de la habitación.

Ella sabía que era un gesto vacío, parte del espectáculo, pero, aun así de camino a su despacho se sintió flotar y, por mucho que se decía que debía ignorarlo, las mejillas le ardieron durante el resto de la mañana.

–¿Qué es esto?

–¿Qué es qué, Clara? –preguntó él al responder su llamada–. Acabo de salir de un atasco en North Point, así que no tengo ni idea de qué me estás hablando.

–Este vestido. Es corto y muy ceñido y el escote está diseñado para enseñar hasta el ombligo.

–Lo he visto, me ha gustado y he enviado a mi asistente a comprarlo.

–Accedí a muchas cosas cuando acepté hacerme pasar por tu prometida, pero... ¡no accedí a meterme en un vestido que me hará parecer una salchicha vienesa!

–Me gusta la imagen, pero tienes que trabajar en la actitud.

–Tienes que ir a que te revisen la cabeza.

–Ponte el vestido –y colgó antes de detenerse frente al apartamento de Clara.

No se molestó en esperar el ascensor, sino que subió las escaleras de dos en dos, llamó a su puerta y, cuando la vio, toda la sangre de su cuerpo se dirigió hacia abajo.

Tenía razón con lo del vestido, que con su color escarlata intenso llamaría la atención de todo el restaurante. Y, aunque no dejaba al descubierto su ombligo, sí que tenía un escote increíble. Las suaves y redondeadas curvas de sus pechos quedaban acentuadas por el delicioso escote y su diminuta cintura daba paso a unas rotundas caderas a las que se pegaba la tela.

–No pienso salir con esto.

–Es demasiado tarde para que te cambies –dijo incapaz de mirarla a la cara. Tenía que admitir que el vestido era contraproducente a la hora de intentar etiquetar a Clara como amiga porque deseaba poder bajarle la cremallera y verla, suave y desnuda y suplicándole que la tomara.

–Zack...

–¿Tienes algo en contra de un aspecto sexy?

–¿Qué? No.

–Entonces, ¿cuál es el problema? Si de verdad ofende a tu modestia, cámbiate, pero en realidad parece...

–¿Que me estoy esforzando demasiado?

Cruzó el umbral de la puerta sabiendo que no debía tocarla, ni siquiera un gesto inocente, pero lo hizo de todos modos e ignoró la voz que le decía que no perdiera el control. Sin embargo, él tenía el control y por eso podía tocarla sin hacer más. Era el amo de su cuerpo, de sus emociones, y así deslizó un dedo desde su cuello hasta la clavícula.

–Que no estás haciendo ningún esfuerzo. Parece como si hacer que los hombres se pongan de rodillas a tu paso sea algo que haces cada día. Pareces la clase de mujer que puede tener todo lo que quiera.

–Yo... yo... no me gusta que me vistas. Es degradante.

–No sé si degradante, pero egoísta seguro.

–¿Egoísta?

–Porque estoy disfrutando mucho viéndote.

Ella agarró un chal negro que había dejado sobre el sofá y se lo echó sobre los brazos.

–No deberías decir esas cosas.

Salió por la puerta delante de él resignada a llevar el vestido.

–Probablemente no.

–Pero lo has dicho.

–Sí. Hay muchas cosas que no debería haber dicho o hecho en las últimas semanas y aun así las he dicho y hecho todas.

–Yo no –dijo apartándose de él y decidiendo bajar por las escaleras para no tener que compartir con él el pequeño espacio del ascensor.

–¿Oh, en serio?

–He sido muy buena. Esta semana he querido decir y hacer cosas que ni he dicho ni he hecho.

–¿Por qué me decepciona oír eso?

–No lo sé, pero deberías estar agradecido.

–No lo estoy.

–En eso no puedo ayudarte.

–Ojalá pudieras –le dijo acercándose a ella.

–No hay ayuda para ninguno de los dos.

–Estoy empezando a pensar que puede que eso sea verdad.

Quería borrarle con un beso el rojo de labios. Quería subirla a casa y hacer algo con el insoportable y doloroso deseo que se había instalado en su cuerpo desde hacía más de una semana.

–Vamos. Tenemos una cita para cenar.

Ella asintió y, cuando se sentó en el asiento del copiloto, Zack dejó escapar un largo y lento suspiro con el que intentó librar a su cuerpo de tanta tensión. Estar con ella una vez no había sido suficiente, pero no habría más noches como esa. No tendría sentido.

Capítulo 10

GRACIAS por hacer esto –le dijo Zack una vez estuvieron en el coche de nuevo.

La cena había ido bien y parecía que todo estaba en marcha para que el señor Amudee firmara el acuerdo exclusivo con Roasted. El hombre estaba encantado de que Zack fuera a casarse con una mujer con la que trabajaba y que entendía y compartía su pasión por el negocio. Así que, sin duda, su farsa los estaba ayudando mucho, aunque ella no se sintiera muy bien por ello.

–De nada.

–Lo digo en serio. Debería haberte dado las gracias antes.

–Oye, siento lo de antes. Siento haberme puesto así por lo del vestido.

–No ha sido para tanto.

La tensión pendía en el aire mientras ella se sentía... inquieta y necesitada. El beso que habían compartido en su despacho aún ardía en sus labios.

–Me ha gustado mucho... mi salmón –dijo. Fue un comentario estúpido, pero lo hizo porque no quería dejar a Zack todavía. No quería meterse en su fría cama bajo el peso de su frustración sexual.

–No has tomado salmón.

–¿No?

–No. Creo que era pollo.

–Oh.

Lo único que podía recordar de la cena era estar intentando no derretirse cada vez que Zack la miraba.

–Bueno... supongo que nos vemos mañana –le dijo lentamente mientras agarraba el tirador.

–Espera. En casa tengo un vino muy bueno y llevo tiempo queriendo invitarte a probarlo.

–¿En serio?

–Sí. ¿Quieres? Podrías venir y tomar una copa.

Habían quedado en que sería una única noche, pero para él no había sido suficiente y ahora toda la excitación acumulada en su cuerpo estaba transformándose en un frío sudor. La observó, miró sus ojos y su boca abierta.

–¿Ahora?

Él asintió una vez.

–No sé... Me encantaría una copa de vino.

–Bien.

Arrancó el motor y salió de la ciudad en dirección al paseo marítimo.

La casa de Zack era una maravilla de enormes ventanales con vistas al puente Golden Gate; un testimonio de la riqueza que había acumulado y de lo lejos que había llegado por sí mismo.

Cada vez que iba allí se detenía a mirar la preciosa claraboya de cristal del vestíbulo, pero en esta ocasión no se vio con energía para fijarse en nada que no fuera Zack y el deseo que estaba devorándola. Un deseo que, por fin, quedaría satisfecho esa noche.

Una semana sin él, sin él dentro de su cuerpo, había sido una espera demasiado larga.

Él cerró la puerta y, al instante, ya estaba rodeándola con sus brazos, besándola con intensidad y rozando la evidencia de su excitación contra su cuerpo.

–¿Estás segura?

–No.

–Yo tampoco.

–Pero quiero.

–Yo también. Ya sabes dónde está el dormitorio.

–Sí, pero no he estado tanto en esa habitación.

–Pues esta noche tendrás suerte si te dejo salir de ella.

Qué locura. «Solo una vez más. Una vez más».

–No me importa.

Clara avanzó delante de él hacia la escalera de caracol que conducía a su dormitorio. Podía oírlo subiendo detrás y sabía que el movimiento estaba haciendo que el vestido se le ciñera a la curva de su trasero que apenas cubría. Él le agarró un brazo y la giró para besarla con deseo. Clara posó las manos a ambos lados de su cara y el tacto áspero de su incipiente barba fue un potente y sexy recordatorio de su masculinidad. Zack le agarró las manos, entrelazó sus dedos en ellas y la llevó contra la pared. Presionó su masculino y musculoso cuerpo contra el suyo mientras ella le desabrochaba los botones de la camisa arrancando alguno con las prisas por desnudarlo.

–Oh, sí –exclamó Clara deslizando las manos sobre su torso–. Qué sexy eres.

–Podría decir lo mismo de ti –contestó él bajándole la cremallera del vestido.

Clara apartó el vestido con el pie aunque aún llevaba los tacones puestos, un sujetador sin tirantes y un tanga que parecían no existir por lo poco que cubría. Sin embargo, a pesar de sus eternas insegueridades esa noche se sentía sexy y no necesitaba taparse ni esconderse de nada. Como tampoco quería que él le escondiera nada. Por eso, apresuradamente, le quitó los pantalones y contempló su cuerpo ataviado únicamente con unos ajustados boxers negros que marcaban con todo detalle la silueta de su erección.

Posó la mano sobre él y se regocijó al sentirlo respirar profundamente de placer.

–¿Sabes cuántas veces he pensado en ti? –le preguntó con un descaro y una valentía desconocidos–. Me has quitado el sueño muchas noches, Zack, imaginando cómo sería besarte.

–¿Has pensado en mí?

–Sí.

No era necesario preguntarle por qué no había dado nunca el paso de acercarse a él porque ¿de qué valdría? No querían las mismas cosas. Él quería un matrimonio sin amor y sin familia, y ella quería más.

–¿Y sabes en lo que he pensado? –le preguntó bajándole la ropa interior antes de arrodillarse ante él.

–Ten cuidado. Casi estoy –le dijo mientras le acariciaba el pelo y tiraba suavemente de él haciendo que la recorriera una intensa sensación de placer.

–Tenemos toda la noche. No me preocupa. Y he tenido muchas fantasías con esto. No me negarías cumplir una de ellas, ¿verdad? –se acercó y deslizó la lengua sobre la parte superior de su miembro haciéndolo gemir. Lo tomó en la boca disfrutando de su sabor y del poder que sentía viendo cómo le temblaban las manos y los muslos. Zack tenía una mano enredada en su pelo y con la otra se agarraba a la barandilla de la escalera mientras ella seguía explorándolo.

–Clara... necesito... así no.

Ella levantó la cabeza y el corazón casi se le detuvo

al ver su rostro. Parecía un hombre atormentado de placer. Y ella había sido la torturadora.

–No me importa.

–A mí sí. Tengo que tenerlo todo de ti.

–¿A lo mejor podríamos terminar si conseguimos llegar arriba?

–Si nos damos prisa, sí.

Y así siguió subiendo los escalones sabiendo que su tanga y sus tacones estaban provocándolo. La sensación de seguridad que sentía, de tener la certeza de que lo atraía y que era la mujer que deseaba fue increíble. Una sensación nueva.

Se sentó en la cama y Zack se quedó en la puerta mirándola fijamente. Las luces estaban apagadas y la luz de la luna se filtraba por la ventana haciendo que esa oscuridad fuera como una coraza que la hacía sentirse más segura.

–Quítatelo todo.

Ella se desabrochó el sujetador y se quitó el tanga dejando los tacones para el final.

–¿Quieres ayudarme? –le preguntó sentándose de nuevo y extendiendo la pierna.

Zack sonrió y se arrodilló delante; posó las manos sobre la curva de su rodilla, las deslizó por su pantorrilla y agachó la cabeza para besarle el tobillo a la vez que le quitaba uno de los zapatos. Hizo lo mismo con el otro y esos lentos y eróticos movimientos la hicieron temblar. Y cuando se inclinó hacia delante y puso la boca entre sus muslos, ella estuvo a punto de desintegrarse con la primera caricia de su lengua.

–He de confesar que no he pensado mucho en esto hasta hace poco –dijo él–, pero no he dejado de pensar en ello desde la semana pasada. Cada noche sueño contigo.

–Yo también –respondió ella con la respiración entrecortada y con su cuerpo al borde del clímax.

Zack se levantó y la miró con una pícara sonrisa antes de sacar un preservativo de la mesilla y ponérselo. Una vez en la cama la sentó a horcajadas sobre su erección. Clara lo miró y con un suave gemido le dejó entrar en ella y llenarla. Se aferró a sus hombros y disfrutó del momento completamente. Se movió despacio al principio intentando encontrar el ritmo adecuado y poco a poco fue acercándose al clímax. Pronunciaba palabras sobre lo bien que se sentía, pero no estaba segura de lo que estaba diciendo exactamente y tampoco le importaba. No podía pensar, solo podía sentir. Solo podía aferrarse a Zack mientras su orgasmo la arrastraba a un abismo de luz y sensaciones donde no había ni nada ni nadie, solo ellos dos. Donde no había ni pasado ni futuro y donde todo era perfecto.

El regreso a la realidad fue lento y algo borroso y casi lo lamentó cuando sucedió. Pero incluso la realidad era casi perfecta porque en ella podía sentir la cálida piel de Zack bajo su mejilla.

No tenía la seguridad de un futuro con él, pero ahora mismo tenía a Zack. Sintió lágrimas salpicándole los ojos e intentó contenerlas. Esa noche era para ella y sería perfecta. No la arruinaría llorando.

–Ahora vengo –dijo Zack.

Clara se incorporó en la cama mientras Zack entraba en el baño. Cuando regresó y volvió a meterse en la cama, ella observó su perfil. Durante mucho tiempo había pensado que lo sabía todo sobre él, pero ahora había descubierto que le había faltado una gran pieza.

–Zack... –sabía que no debería decirlo, pero estaban desnudos y juntos en la cama. Si no podían ser sinceros ahora, ¿cuándo iban a serlo?–. ¿Qué pasó?

–Ya te lo conté.

–Más o menos.

–¿Quieres oír más?

–Quiero saber qué pasó. ¿Se lo has contado a alguien?

–No hablo de esto, Clara. Nunca. Con nadie.

Ella le puso la mano en el hombro.

–Y yo no dejo que los hombres me vean desnuda. Nunca. Pero a ti te dejo, así que cuéntamelo.

Él se detuvo un instante antes de empezar:

–Lo llamamos Jake. Vivió cuarenta y ocho horas. Nadie en el hospital pensó que pudiera tener alguna oportunidad, pero yo sí –respiró hondo y con la suave luz que entraba por las ventanas ella pudo ver el brillo de una lágrima sobre su mejilla–. Me equivoqué. Estaba seguro de que se pondría bien y había cambiado todos mis planes de futuro, pero entonces pasó aquello y pensé que todo volvería a ser como antes, pero no fue así. Y mis padres... Creo que se quedaron aliviados porque les había enfurecido que fuera a tirar mi futuro por la ventana. Creo que se sintieron aliviados cuando mi hijo murió, Clara.

–Zack...

–Sarah no quiso volver a hablar conmigo y no la culpé. Cada vez que la miraba lo recordaba todo y creo que a ella le pasaba lo mismo. Por eso me marché, no podía seguir allí. Ahora tendría catorce años y tal vez jugaría al rugby como yo a esa edad. Estaría enseñándolo a conducir y hablándole de chicas. Aún pienso en él. No llegué a entender cómo una persona pudo convertirse en todo mi mundo en tan poco tiempo. Tocar fondo es terrible y bebes mucho alcohol, por cierto, aunque no te soluciona nada, solo te convierte en alguien patético. Pero encontré un trabajo en una cafetería, a pesar de que era pésimo, y entonces tuve algo nuevo en lo que centrarme. Terminé mis estudios y descubrí mi amor por el café. Fui subiendo en la compañía y se la compré a mi jefe cuando se jubiló. Y creo que ese es el principio de lo que tú y todos los demás sabéis ya.

Clara, abatida, se secó una lágrima de la cara y apoyó la cabeza en su hombro. Él la abrazó.

–Pero eso me cambió. Me hizo crecer y seguir adelante. Me enseñó a valorar el control y la responsabilidad y por eso estoy aquí. Por eso tengo tanto éxito. La arrogancia y el carácter impulsivo te conducen al desastre y causan dolor. Un dolor innecesario.

Clara deseó poder decirle cuánto lo amaba, pero sabiendo que eso era lo último que él querría oír, se limitó a abrazarlo y dejar que la abrazara.

–¿Quieres que me vaya?

–Quiero que estés aquí. Pasa la noche conmigo.

–Claro, Zack –respondió suspirando de alivio.

La abrazó con más fuerza y ninguno de los dos dijo nada. Esa noche estaban juntos y ella esperaba no quedarse dormida porque no quería perderse ni un solo momento.

Por la mañana, se estiró y abrió los ojos topándose con una imagen familiar: la habitación de Zack. Aunque no era familiar el hecho de despertarse en ella y, mucho menos, después de haber hecho el amor con él toda la noche. Una lenta sonrisa se extendió en sus labios seguida de una sacudida de dolor cuando recordó su conversación y la historia de su hijo.

–Buenos días –le dijo a Zack cuando él despertó y la miró con una sonrisa.

–Buenos días.

–Supongo que tenemos que prepararnos para ir a trabajar.

–¿Eso crees?

–Ya casi es la hora.

–Es verdad –contestó tendiéndola bajo su cuerpo–. Pero hoy podrías llegar un poco tarde. Conozco al jefe.

–Y yo –respondió riendo–. Es muy estricto con que la gente llegue a trabajar a su hora.

–¿En serio? Bueno, pues tengo la sensación de que hoy hará la vista gorda.

Capítulo 11

HE RECIBIDO una invitación para mi esposa y para mí –dijo Zack entrando en su despacho y dejando un sobre de color crema sobre su mesa.

–¿Es que la gente no lee las noticias?

–Bueno, he llamado a la organización benéfica que organiza el evento y les he explicado la situación. Por supuesto, aún quieren que vaya y pague dos cubiertos por cuatrocientos dólares cada uno, así que mi nueva prometida será más que bien recibida.

–Con suerte el acuerdo ya se habrá cerrado para entonces y estaré libre.

–Sí, será bueno para los dos, pero aunque ya estés libre aún podrías venir. Como mi amiga.

–De acuerdo –sí. Eran amigos ante todo, al menos para él, porque para ella Zack era mucho más–. ¿Cuándo es?

–El jueves.

–¿Qué tal te ha ido hoy? ¿Has encontrado algo que vaya con el té blanco de Amudee? Estoy pensando en una tarta de té gourmet. ¿Crees que llegaréis a un acuerdo?

–Eso parece. Soy optimista. Es un hombre difícil de interpretar, pero parece muy satisfecho con la forma en que funciona Roasted.

–Bien –contuvo las ganas de levantarse y acariciarlo porque no quería parecer demasiado necesitada de su afecto.

–¿Qué es esto? –preguntó agarrando un papel de su mesa.

–Eh... una lista que estaba haciendo. Para mi pastelería.

Su pastelería. El sueño que más que un sueño era su forma de evasión.

–Oh, bien –lo soltó–. ¿Trabajas en ello en horas de trabajo?

–O durante el almuerzo. O tal vez sí, en horas de trabajo, pero ya sabes que luego te lo recompenso –dijo secamente.

–No voy a darte un trato especial solo porque nos acostemos.

Sus duras palabras quedaron colgando en el aire del pequeño despacho.

–Claro que no. Eso sería ridículo. ¿Por qué ibas a hacer eso?

Lo cierto era que siempre la había tratado como si fuera especial y oírle decir algo así la hizo sentirse degradada.

–Ya sabes a lo que me refiero.

–Supongo que no.

Él se acercó y le giró la cara para que lo mirara antes de darle un suave beso en los labios.

–Esta noche estaré ocupado.

Mejor, probablemente, porque la distancia era una muy buena idea después de lo sucedido la noche anterior. Lo habían vuelto a hacer y no podía haber más sexo entre los dos. Era demasiado peligroso para ella, demasiado estúpido.

–De acuerdo. La verdad es que yo también –encontraría algo que la mantuviera ocupada, tal vez algunas de las pastas de té en las que había estado pensando–. Así que hasta mañana –dijo orgullosa de estar controlando la situación con normalidad.

–Hasta mañana –respondió Zack saliendo del despacho.

Una vez sola, resopló y miró su lista. La lista de artículos por si abría la pastelería, por si tenía que dejar Roasted para alejarse de Zack.

Estaba empezando a tener esperanzas en no llegar a necesitarla.

Metió una bandeja con doce *cupcakes* en el horno y cerró la puerta con el pie. Se sentía inquieta y triste porque era lunes y normalmente los lunes Zack pasaba por su casa para ver un partido al que al final ninguno de los dos prestaba atención. Llevaba la cena y ella se encargaba de hornear los postres. Echaba de menos todo eso.

Se dispuso a preparar la cobertura de los *cupcakes* ya que, al menos eso, le proporcionaba una satisfacción física. Puso música y tarareando fue a la despensa para sacar una lata de zumo de piña. Al momento oyó que llamaban a la puerta y fue a asomarse.

Allí estaba Zack con unas bolsas de papel marrón en la mano y ataviado con una camiseta y unos vaqueros. El corazón se le encogió al verlo, fue una imagen casi dolorosa, un recordatorio de lo unidos que habían estado físicamente y lo alejados que estaban emocionalmente.

Se preparó para recibir el fuerte impacto de su presencia y abrió la puerta.

–Hola –le dijo él sonriendo.

–Creía que estabas ocupado.

–Al final era algo que podía esperar –entró, dejó las bolsas de comida en la encimera y sacó de ellas unas cajas blancas sin pedir permiso siquiera.

–¿Qué haces... aquí?

–Es lunes.

–¿Y?

–Rugby –respondió con naturalidad mientras abría el plato favorito de Clara, cerdo agridulce, como si nada hubiera cambiado.

–Es verdad.

Pusieron la mesa y empezaron a comer en silencio.

–Puedes poner el partido.

Zack fue a por el mando y apuntó a la televisión.

–¿Quién juega?

–Ni idea –le respondió sentándose en uno de los taburetes de la encimera.

–Pero será importante si has venido a verlo.

–Te echaba de menos.

–¿A mí?

–Sí. Siempre nos reunimos los lunes y estaba dando vueltas por casa pensando en ello. La verdad es que me da igual el partido, solo quería cenar contigo.

–Yo también te echaba de menos, Zack.

–¿Estás haciendo *cupcakes*?

–Serán muy tropicales, aunque aún no sé qué tal quedarán.

Se levantó para situarse al otro lado de la encimera y le añadió a la mezcla de la cobertura un poco de zumo de piña y empezó a remover lentamente. Zack se asomó y metió el dedo en el cuenco. Ella le dio una palmada en la mano.

–No metas tus dedos en mi cuenco de mezcla, Parsons.

Él se llevó el dedo a los labios y le sonrió antes de lamer la cobertura haciendo que ella se retorciera de placer por dentro.

–Compórtate.

–No puedo prometerte nada –le respondió Zack enarcando una ceja.

Clara volvió al taburete para seguir cenando.

–¿Sabes algo del local de Japón?

Esa pregunta hizo que, automáticamente, Zack empezara a hablar de cifras y estadísticas, eso que le resultaba tan fascinante. A Clara le gustaba verlo así, le gustaba que su trabajo hiciera que se le iluminara la mirada.

De ahí pasó a contarle que había visto unos artistas callejeros en la puerta del restaurante donde había comprado la comida y eso le recordó a Clara aquella vez en que un mimo los había abordado por la calle. Había echado de menos todo eso, sus charlas, sus risas...

En ese momento sonó el timbre del horno y se levantó.

–¿Están hechos?

–Sí, pero queman. Aunque tengo algunos que ya se han enfriado, así que aunque sé que no te dedicas a la repostería, puedes ayudarme con la cobertura si quieres.

–Creo que puedo con ello.

–Ten en cuenta que son experimentales.

–Resultan excitantes de todos modos.

–O un desastre potencial de proporciones épicas, pero no lo sabremos hasta que los probemos.

Rellenó una manga pastelera y se la pasó a Zack; rellenó otra para ella y empezó a formar pequeñas estrellas sobre la superficie de uno de los *cupcakes*.

Zack volvió a hundir el dedo en el cuenco y ella le pegó en la mano con la espátula manchándolo de cobertura blanca.

–¡He dicho que pares! –dijo riéndose.

–Pero es que la cobertura es lo mejor.

–Aún no has probado la masa.

Él se relamió del dedo parte de la cobertura con que se había manchado y después lo acercó a la boca de Clara preguntándole:

–¿Quieres probar?

En ese momento todo lo que la rodeaba se redujo a la nada y solo pudo ver a Zack. Se dijo que solo era un juego inocente, pero sabía muy bien que no era así. Lo miró a los ojos, tan intensos, excitados. Se había prometido que no volvería a pasar, que su última noche juntos había sido exactamente eso: su última noche juntos. «No volverá a pasar. Solo voy a probar la cobertura».

Se acercó y deslizó la lengua por su dedo haciendo que a Zack se le escapara un gemido.

–Lo siento. Lo... siento... Yo... –dijo apartándose bruscamente.

Él la rodeó por la cintura y la besó profunda e intensamente con la lengua aún salpicada por la dulce cobertura. Cuando la soltó, ella se sintió deliciosamente mareada y se relamió los labios.

–Sabes a piña.

–¿Y eso es bueno? –le preguntó Zack con la voz estrangulada.

–Puede que... tenga que volver a probar.

–Pues estoy más que dispuesto a ayudarte con la cata.

Se acercaron y Clara deslizó la lengua sobre sus labios regocijándose con el ronco gemido que resonó en el pecho de Zack. Él volvió a hundir los dedos en el cuenco y le quitó la camiseta.

–Me siento en desventaja –dijo recorriendo su abdomen con sus dedos– porque tú has podido probarme a mí, pero yo a ti no.

Se agachó y deslizó la lengua por su abdomen. Ella tembló y se aferró a sus hombros sabiendo que estaban yendo demasiado lejos y no segura de si quería o no parar.

Zack le desabrochó el sujetador.

–Se te da mejor que a mí –le dijo Clara.

–Bien. Esa es la idea. Odiaría pensar que te iría mejor haciéndolo sola –le cubrió un pecho con la mano y le acarició el pezón dejando sobre su piel un rastro de cobertura antes de agacharse y tomar el pecho en su boca. Ella enredó los dedos en su pelo sujetándole la cabeza contra su pecho.

–Oh, no... no podría haber hecho esto sola.

Zack alzó la cabeza y la besó en los labios.

–Eres preciosa –le dijo colmándola de besos por el cuello y la clavícula.

–Haces que me lo crea.

–No deberías dudarlo nunca –le contestó mirándola a los ojos–. Me haces perder el control.

Esas palabras significaron mucho para ella porque conocía a Zack y sabía que una de las cosas que más valoraba era tener el control de todo. Ahora ya sabía a qué se debía y lo entendía.

–¿Yo?

–Tú –repitió acariciándole el pecho–. No puedo dejar de mirarte. Tengo que tocarte y después tengo que saborearte. Y aun así nunca me basta.

Lo que Zack sentía era más que excitación; le ardía el pecho, era un deseo que iba más allá de lo sexual. Era placer y dolor, paraíso e infierno, pero no podía ignorarlo, no quería.

Había echado de menos a Clara, a su amiga, la seguridad y la compañía que le proporcionaba. Era la única persona ante la que bajaría la guardia, la única con la que se reía y se relajaba.

Su relación no debía estar convirtiéndose en eso, pero su deseo por ella era como una tormenta arrasando con todo a su paso. Arrasando su control.

–Es un piso muy bonito. Seguro que los dormitorios también lo son.

Ella se rio y hundió la cara en su cuello.

–Ya has estado en mi habitación.

–Pero nunca he dormido en tu cama.

–¿Quieres?

–Después de que nos ocupemos de algunos asuntos.

–Totalmente de acuerdo.

La levantó en brazos y ella lo rodeó por el cuello y se rio mientras la llevaba al dormitorio en el que había estado innumerables veces, pero nunca de ese modo. La dejó en la cama y ella lo besó y le quitó la camiseta apresuradamente. Así fueron despojándose de sus ropas hasta quedar totalmente desnudos y con los cuerpos entrelazados. Durante un momento casi le bastó estar así con ella, acariciando sus desnudas curvas y besándola. Casi suficiente, pero no del todo.

–No he traído nada, no tenía esto pensando –dijo maldiciendo.

–No pasa nada –le respondió Clara rodeando su

miembro con la mano. Él gimió y la caricia de Clara compensó en cierta medida el hecho de no poder estar dentro de ella.

Coló una mano entre sus muslos y le acarició el clítoris en movimientos repetidos mientras ella jadeaba y se arqueaba contra él aferrándose a sus brazos y hundiendo las uñas en su piel.

–Oh, Zack.

Oír su nombre saliendo de sus labios fue como un bálsamo para su alma.

Después de eso todo se perdió en un frenético movimiento, suspiros y palabras muy gráficas que nunca había oído salir de la boca de Clara. Pero resultó muy excitante porque sabía que era capaz de producir eso en ella, de hacerle decir cosas, sentir cosas que ningún hombre la había hecho sentir. Juntos llegaron al clímax y después él la abrazó invadido por una extraña satisfacción que se extendió por todo su ser y que nunca antes había sentido.

–Eres preciosa, ¿sabes? –le preguntó apartándole el pelo para besarle el cuello.

Clara se giró para mirarlo y se tendió de lado haciendo que su cadera pareciera más redondeada, su cintura más pequeña y sus pechos...

–No dejes de decirlo.

–Para que no puedas dudarlo.

–La verdad es que estoy empezando a creerte –le respondió con una sonrisa y acariciándole el brazo–. Tú tampoco estás tan mal.

–Me halagas –le besó la nariz y la satisfacción de antes se transformó en otra cosa, en algo parecido a la... felicidad.

Se tumbó boca arriba sin dejar de rodearla con su brazo y ella se recostó sobre su torso.

–Solo quiero que sepas que no hay ninguna mujer en el mundo con la que preferiría estar.

Los ojos marrones de Clara se iluminaron.

–Eres una influencia muy positiva para mi ego.

–Me alegra. Alguien tiene que serlo.

Zack quería decirle algo, algo más grande de lo que debería, de lo que podía. Quería más porque en ese momento, teniéndola sobre su cuerpo tan suave, desnuda, perfecta y sonriente sentía que quería ofrecerle el mundo. Quería más que una relación temporal, más que una relación distante. Y lo quería por primera vez desde que podía recordar.

Cuando Clara se quedó profundamente dormida fue cuando él se vio asaltado por el pánico, por la magnitud de lo sucedido: había perdido el control y, lo peor, había ido perdiéndolo poco a poco durante los últimos siete años con Clara. Con los demás nunca bajaba la guardia, pero delante de ella había llorado, había dejado que sus emociones escaparan cuando ni siquiera eso se lo permitía estando solo. Clara había calado hondo en él.

¿Qué haría si la perdía? O mejor dicho, ¿qué haría cuando la perdiera? El terror que ese pensamiento evocó le dio en qué pensar. Estaba jugando un juego que no le correspondía, flirteando con cosas que no debería, cosas tentadoras que no podía arriesgarse a tener.

Se apartó con cuidado y recogió su ropa. Después de vestirse, salió de la habitación y cerró la puerta ignorando el constante dolor en su pecho. Se detuvo un instante en el salón embargado por una sensación claustrofóbica. Tenía que marcharse, tenía que pensar, tenía que recuperar el control. Se adentró en la fría noche respirando hondo y culpando al frío por el dolor que sintió cuando el aire entró en él.

–¿Dónde has estado esta mañana? ¿Adónde has ido? –le susurró Clara por la tarde al entrar en su despacho.

–Tenía cosas que hacer. ¿Puedes traerme un café?

El teléfono sonó y contestó mientras ella salía del despacho y volvía con un café con leche en polvo y sin azúcar. Lo dejó en su mesa y Zack, aún al teléfono, dio un sorbo y puso cara de asco. La fulminó con la mirada y ella respondió con una amplia sonrisa.

–Ahora te llamo –dijo colgando–. ¿Te pasa algo?

–Sí. ¿Dónde has estado esta mañana?

–Clara, yo llevo las relaciones físicas a mi modo y no siempre me quedo a pasar la noche.

Ella se sintió como si la hubiera abofeteado, como si para él no fuera más que otra amante.

–No me vengas con esas, ni lo intentes. Anoche te hice perder el control –dijo con un valor provocado por la rabia.

–Me he ido a casa para poder dormir bien y descansar porque tengo que repasar unos temas legales del contrato que me están redactando para el acuerdo con Amudee. Eso es todo.

No era todo. Ella sabía que no.

–¿Así que se va a hacer? –preguntó mirándose el anillo que estaba empezando a odiar.

–Eso parece, pero no hay nada cerrado, así que seguimos con esto hasta que la tinta esté seca.

–Lo sé.

Para Zack todo giraba alrededor del contrato. Sin embargo, podría haber jurado que lo de la noche anterior había cambiado algo. Había sido más que algo físico, había habido diversión y amistad. Había sido especial. Y hoy las cosas también parecían diferentes, aunque no tan diferentes como a ella le gustaría.

–Estaré en la cocina.

Iban a hacer falta muchos *cupcakes* para mejorar el día.

Durante los días siguientes, Zack logró mantenerse ocupado y no pasó por su casa ni de día ni de noche. Le dolía la cabeza y se sentía sola en la cama, lo cual era una estupidez ya que su cama llevaba veinticinco años vacía. Pero en las últimas semanas había descubierto que le gustaba compartirla con Zack y no solo por los orgasmos, sino por oírlo respirar, por sentir el calor de su cuerpo, por estar con él y poder expresarle, ¡por fin!, lo mucho que lo deseaba.

Le encantaba cómo la hacía sentirse, que la deseara ya fuera con un vestido rojo sexy o con pantalones de yoga. Que la hiciera verse hermosa, que le hiciera ver cosas en ella que no había visto nunca. Pero, si le contaba todo eso, Zack saldría corriendo.

Esa noche los contratos seguían sin firma y eso significaba que tenían que asistir juntos a la gala benéfica donde se recaudarían fondos para un hospital infantil. Se preguntó si eso haría que Zack pensara en su hijo, si le haría sufrir. Le dolía el corazón cada vez que pensaba en el pasado de Zack, en la fachada bajo la que ocultaba lo que le había pasado y quién era realmente.

Esa noche sería más como una cita de verdad, un evento público en el que el señor Amudee no estaría presente viéndolos actuar como una pareja. Luciría un vestido que ella misma había elegido, algo a medio camino entre su forma habitual de vestir y lo que Zack le había comprado para la última vez: largo de corte sirena que ondeaba a cada paso que daba y con un cuello halter que dejaba ver su escote. Se sentía muy sexy con él, como una mujer lista para conquistar el mundo. Una mujer que podía destacar sobre las demás.

Llamaron a la puerta y se subió a los tacones mientras se ponía los pendientes.

–¡Ya voy!

Cuando abrió, se quedó sin aliento. Zack llevaba un traje negro, camisa blanca y corbata negra. Estaba guapísimo, como siempre.

–Estás genial –le dijo.

–Y tú. Te he traído algo.

En su tono había algo extraño, algo formal y distante que hacía juego con su atuendo, pero Zack no era formal con ella, ¿por qué iba a serlo? Se conocían desde hacía años y hasta se habían acostado.

Sonrió intentando hacerlo sonreír, pero no funcionó. Él se limitó a sacar una caja plana de su chaqueta y abrirla.

–Oh, Dios mío... Zack esto... debe de haberte costado...

Era un collar espectacular y único de los que no se veían en cualquier tienda, ni siquiera en Saks. Tocó la esmeralda central en forma de lágrima y rodeada de resplandecientes diamantes.

–Creo que no puedo aceptarlo.

–Claro que puedes. Date la vuelta.

Ella lo hizo y Zack le echó el pelo a un lado. Le puso el collar y la fría joya cayó entre sus pechos haciéndola temblar con su frialdad.

–Esto no es un regalo de amigos –dijo Clara con voz temblorosa.

–Puede que esta noche no quiera una amistad –respondió él riéndose.

Sus palabras y la sensual promesa que transportaban la hicieron temblar y le pusieron la piel de gallina.

–Es demasiado –contestó girándose para mirarlo.

Zack retrocedió ligeramente marcando distancia entre los dos.

–Es un regalo perfecto para una amante. ¿Estás lista?

–Sí –era su amante porque se había acostado con él, pero había algo en el modo en que lo había dicho, algo frío cuando debería haber sido más cálido y personal.

Tocó el collar y sintió la frialdad de las piedras preciosas bajo sus dedos.

Capítulo 12

LA GALA benéfica estaba abarrotada cuando llegaron y un mar de gente guapa y vestida de negro rodeaba el salón de baile charlando y degustando los caros canapés.

Todas las cabezas se volvieron cuando Zack y ella bajaron la escalera de mármol, y era normal porque Zack era un hombre de poder y riqueza, un hombre de una belleza sin igual. Se sintió orgullosa de ver lo que provocaba en los demás y cómo todas las mujeres lo miraban sin ocultar su deseo sexual. Pero Zack estaba con ella y tenía la mano posada en la parte baja de su espalda como marcando su territorio.

Ella se giró y lo besó en la mejilla.

–¿Por qué has hecho eso?

–Porque sí.

Se quedó mirándola un instante con una extraña luz en la mirada.

–Vamos a buscar nuestra mesa.

–De acuerdo –le respondió intentando ignorar el nudo que se le había formado en la garganta.

Vieron la mesa para dos con las correspondientes tarjetas sobre los platos vacíos. Zack le retiró la silla y a ella se le salió el corazón al ver el nombre escrito en su tarjeta: *Hannah Parsons*.

Se sintió mareada. Miró el anillo; el anillo de Hannah. El asiento de Hannah. El hombre de Hannah. No pudo más que preguntarse si el collar también habría sido para ella en un principio.

Arrugó la tarjeta y la tiró al suelo de mármol.

–¿Qué pasa?

–Tenía el nombre equivocado.

–¿Y eso importa?

La pregunta le dolió casi más que haber visto el nombre escrito.

–Supongo que no –respondió aplastando el papel bajo su tacón.

–Eres tú la que está aquí conmigo –le acarició la muñeca–. Nadie más.

–Claro –lo miró a los ojos intentando ver algo familiar en ellos ahora, algo de su amigo, pero no lo encontró. Solo vio a un hombre encantador, tal y como se presentaba ante el mundo, pero sin fondo, sin calidez ni sentimiento. Resultó aterrador.

En mitad de la deliciosa cena la coordinadora del evento subió al escenario y se dirigió a todos diciendo:

–Gracias por venir y por donar tan generosamente vuestro dinero y vuestro tiempo al Hospital Infantil de la Bahía –y girándose hacia su mesa añadió–: Y esta noche quisiera hacer una mención especial al señor Zack Parsons que ha donado dinero suficiente para renovar al completo la unidad de cuidados intensivos para neonatos. Serán las instalaciones mejor equipadas del estado de California y gracias a ello podremos ofrecerles a los bebés y a las familias una esperanza que no tenían hace cinco años. De modo que gracias, señor Parsons.

La sala estalló en aplausos y todo el mundo se levantó a excepción de ellos dos. Zack se limitó a levantar la mano a modo de saludo y a ella se le partió el corazón. Qué regalo tan maravilloso estaba haciendo a tantas familias cuando ni él ni su hijo habían podido beneficiarse de algo así.

Quería gritar por semejante injusticia, pero de nada serviría. Lo único que podía hacer era apoyar y reconfortar a Zack y lo haría porque era su amiga. Su amante.

Cuando la organizadora terminó de hablar y abrió el baile, la gente empezó a moverse por la sala charlando y riendo y algunos se acercaron a él. Clara quiso decirles que se marcharan porque podía sentir la oscura energía que irradiaba Zack, su dolor. ¿Es que nadie más lo veía?

–Vamos –dijo agarrándolo de la muñeca. No creía que pudiera aceptar palabras de amor, pero podía ofrecerle otra clase de consuelo. Uno que sí que aceptaría.

No había duda de cómo terminarían las cosas esa noche y ambos lo sabían.

Él asintió, se levantó y la rodeó por la cintura mientras salían del salón.

Sentía como si el pecho le fuera a explotar. No debería haber llevado a Clara y menos cuando había compartido con ella la historia de Jake porque eso lo hacía sentirse expuesto como si llevara escritos en la cara todos sus fracasos y su dolor. Como si no pudiera ocultarlo por muchas capas de control que intentara poner encima. Pero Clara lo había visto, lo había notado.

Cuando la había recogido esa noche, había intentado mantener las distancias y situarla en un nuevo lugar. Tenía mujeres que lo acompañaban solo en la cama, pero no era amigo de esas mujeres. No comía los pasteles que elaboraban, no sabía que dormían con pantalones de yoga, no sabía que se sentían inseguras con su cuerpo o que su grupo favorito de música seguía siendo una banda de adolescentes roqueros que se hicieron muy populares en los noventa.

No sabía nada sobre ellas más allá de qué aspecto tenían desnudas. Pero sobre Clara sabía muchas cosas, además de su desnudez, y esa noche tenía pensado centrarse solo en esto último. Porque ya que no podía mantenerla como amiga únicamente, entonces la tendría como amante. Lo que habían compartido en su piso era algo a lo que no podía darle continuidad porque escapaba a su control. Siempre se había sentido conectado con Clara, pero lo de ahora era distinto, era más intenso e imposible de negar aunque tenía que hacerlo.

La había llevado a su casa para demostrarse que podía acostarse con ella sin sentir ninguna emoción. El sexo era sexo, no tenía que tener un componente personal, no tenía que significar nada. No tenía que guardar ninguna relación con esa espantosa sensación que le cubría el pecho.

Estaba preciosa, increíble con ese vestido largo y la esmeralda cayendo en el valle de su escote y atormentándolo. La veía ahí de pie, junto a los ventanales, con las luces de la ciudad de fondo reflejadas en las olas. La deseaba, pero era algo que había planeado, que no se descontrolaría.

Tenía preservativos y todo lo que necesitaba, aunque lo que más necesitaba era control para luchar contra la ternura que lo invadía al contemplarla. No podía haber sentimientos, solo sexo.

–Quítate el vestido.

Ella se bajó la cremallera y dejó que la prenda cayera al suelo. No llevaba sujetador y solo un pequeño triángulo de encaje evitaba que estuviera completamente desnuda. Eso y el collar, la esmeralda que resplandecía entre sus pechos. Cuando hizo ademán de quitárselo, sus perfectos y rosados pechos se elevaron.

–No. Déjatelo puesto –un recordatorio. Un recordatorio de que era como cualquier otra de las mujeres con las que había estado. Así funcionaba eso, intercambio de regalos, de joyas...

Bajó las manos y él se acercó encantado por cómo la luz de la luna salpicaba sus pálidas curvas y cómo las sombras acentuaban su pequeña cintura y la redondez de sus caderas y sus pechos.

Era una mujer y se moría por ella, pero esperaría porque era el maestro de ese juego y él estaba al mando. A diferencia de antes, ahora no dejaría que su inexperiencia y la naturaleza de su amistad marcaran sus encuentros. «Es una mujer. Solo una mujer. Como cualquier otra».

«No, igual no», le contestó su mente rebelándose de inmediato. Nunca había conocido a una mujer más exquisita ni un cuerpo mejor diseñado para tentar a un hombre.

Era sinónimo de belleza sensual sin artificios. Clara. Su nombre resonó por su mente, pero no debía pensar en ella, solo en el deseo de ambos y en cómo saciarlo.

–Date la vuelta para mí. Mira hacia la ventana.

Ella obedeció de nuevo. Era como un perfecto reloj de arena y la elegante curva de su espalda resultaba de lo más seductora. Se acercó más y recorrió esa línea con la mano mientras ella temblaba bajo su tacto.

–¿Te gusta?

–Me ha gustado todo lo que me has hecho –le respondió con voz dulce y algo vulnerable.

Posó las manos sobre sus caderas y la llevó hacia él dejándola sentir su dura excitación, la pura evidencia sexual de lo mucho que la deseaba. El suave sonido que salió de sus labios le hizo saber que ella también lo deseaba, y eso era importante porque nunca haría nada que ella no quisiera. Puso una mano sobre su abdomen suave y ligeramente redondeado y cubrió su nalga con la otra. Le gustaba que fuera tan femenina y curvilínea. Absoluta perfección.

–Eres preciosa.

Ella se recostó contra él y apoyó la cabeza sobre su torso mientras él fue deslizando la mano hacia su pecho y le acarició los pezones a la vez que seguía acariciándole las nalgas.

Agarró la cinturilla de sus braguitas y se las bajó antes de llevar la mano hacia delante y deslizar los dedos en su interior, a lo que Clara respondió gimiendo y separando los muslos.

La línea de su cuello era elegante e irresistible; la besó ahí saboreando la sal de su piel, tan familiar ya. Clara se arqueó contra él y su respiración se entrecortó cuando ejerció presión con sus dedos en uno de sus pezones. Tenía su placer en sus manos y él dictaba todo lo que ella hacía y sentía.

Lo de Clara había estado mal desde el principio porque no había separado su amistad de su aventura y por eso había compartido cosas con ella y había dormido a su lado. Por eso había empezado a tener sentimientos. Pero ahora lo sabía y sabía lo que tenía que hacer.

Ella intentó girarse, pero Zack la mantuvo mirando hacia la ventana, alejada de él. Agarró un preservativo y la situó frente al sofá.

–Agárrate al respaldo –le dijo y ella obedeció antes de llevar la cabeza atrás y mirarlo.

Pero Zack prefirió no centrarse en su rostro y directamente la agarró de las caderas que ondeaban hacia su cintura en una curvatura perfecta.

Se preparó para adentrarse en su cuerpo y ella emitió un suave sonido.

–¿Estás bien? –le preguntó con los dientes apretados y moviéndose lentamente.

–Sí.

Se adentró por completo en ese cuerpo tan ardiente y tuvo que controlarse para no dejarse arrastrar al clímax inmediatamente.

–Oh, Zack. Zack.

Él pronunciaba su nombre dentro de su mente con cada movimiento, cada vez que entraba en su cuerpo y ella rodeaba su miembro. Y de pronto ya no pudo negarlo. No importaba que no pudiera verle la cara porque su aroma, el tacto de su piel bajo sus dedos, cómo se sentía dentro de su cuerpo, era pura e innegablemente Clara Davis. La mujer que horneaba *cupcakes* de naranja y tenía una corona de flores rosas en la puerta. La mujer que conocía su pasado y los momentos más oscuros de su vida. La mujer que le sonreía cada mañana y le hacía sonreír pasara lo que pasara. La que le ponía leche en polvo en el café cuando estaba enfadada con él.

La mujer que encendía su cuerpo y su alma.

No podía fingir que no le importara quién era, porque nadie había sido como ella y nadie lo sería. Había perdido el control y ahora estaba a su merced porque la necesitaba. Y no solo era una necesidad sexual.

Su clímax llegó de un modo demasiado inesperado como para controlarlo. Deslizó la mano entre sus muslos y la acarició intentando que lo acompañara. El cuerpo de Clara se tensó y un orgasmo la sacudió con fuerza. Cuando gritó de placer, él apartó la mano.

–Clara –le susurró apoyando la frente en su espalda. Le temblaba el cuerpo y lo tenía cubierto de sudor. También le temblaban las manos y tenía la respiración entrecortada.

La miró. Le había dejado marcas rojas en las caderas ahí donde la había sujetado, donde había perdido todo el control. Arrepentido y con un nudo en la garganta, acarició esa zona de su piel.

Ella se giró para mirarlo con una sonrisa. Ya no era como antes, ahora se la veía segura, se sentía bella. ¡Qué única era!

–Lo siento.

Clara se sonrojó.

–¿No te he dicho que no te disculpes todo el tiempo?

–¿Ni siquiera cuando tengo que hacerlo? Te he agarrado demasiado fuerte.

Se miraron a los ojos y Zack vio emoción, algo real, una conexión que no formaba parte ni de una farsa ni de un juego. Era como ella siempre lo había mirado, ya estuvieran en la oficina, en el salón de su casa o en la cama. Era la misma mujer que lo miraba como si le importara.

Y darse cuenta de ello lo llenó y le hizo más fácil respirar, como si llevara mucho tiempo sin poder tomar aliento y ahora volviera a hacerlo por primera vez en catorce años desde que había perdido su razón de sentir emociones.

–No me has hecho daño.

De pronto sintió que no podía tenerlo todo con Clara porque eso lo conduciría a la destrucción.

Se apartó de ella y recogió su vestido del suelo. Era como si la garganta se le hubiera cerrado otra vez y sus pulmones no pudieran expandirse. Había perdido el control, pero lo recuperaría. Tenía que hacerlo.

–Vístete.

–¿Qué?

No la miró a la cara. No podía.

–Estamos teniendo una aventura, Clara, ya te lo dejé claro. Así funciona esto.

–Y creo que yo te dije que no soy una de tus amantes.

–Cuando estás en mi cama o en mi sofá, sí que lo eres.

–Soy tu amiga.

–No cuando estamos así. Ahora eres la mujer con la que me acuesto.

Ella retrocedió cubriéndose los pechos con el vestido.

–Voy a vestirme. No quiero que me lleves, así que lo más decente es que me mandes el coche.

–Clara...

–Hablaremos mañana. Ahora no puedo.

Entró en el baño y cerró la puerta con pestillo. Y él no la culpó, pero por el bien de los dos había tenido que definir esa relación. Sí, había mentido, pero no podía admitir que Clara era diferente a las demás. Eso no podía pasar. Y aunque se había equivocado al negar sus sentimientos, lo arreglaría de algún modo para que no volviera a mirarlo como lo había hecho ahora, como si fuera un extraño que le había hecho mucho daño. Todo tendría que volver a lo de antes porque podía vivir sin sexo, pero no estaba seguro de poder vivir sin Clara.

El trayecto en coche se le hizo eterno. Le dolía todo y esa noche, a pesar del encuentro sexual más intenso de todos los que había tenido, había visto algo oscuro en Zack. Sabía que algo había cambiado y esperaba que él no fuera tan horrible como se había mostrado justo antes de que ella se marchara.

Al llegar a casa se despidió del conductor. Lo conocía y la humillaba que ahora estuviera presenciando ese momento tan pésimo de su vida. Eran las dos de la mañana y estaba claro lo que había pasado: Zack había tenido sexo con ella, únicamente sexo, y había preferido mandarla a casa antes que dormir a su lado.

Apretó los puños y contuvo las lágrimas. Casi lo odiaba y ese sentimiento rivalizaba con lo mucho que lo amaba. Ojalá no lo quisiera porque así le dolería menos.

«Eres mi amante». ¡Ni hablar! Tal vez era el único hombre que la había visto desnuda, pero ella estaba segura de ser la única mujer que lo había visto llorar.

Capítulo 13

ESPERABA que todos quisieran *cupcakes* para almorzar porque había nueve variedades distintas y alguien tenía que comérselos. Ella no podría con todos y no los compartiría con Zack, así que irían directos al trabajo. Mirándolo por el lado bueno, había dado con nuevas combinaciones que funcionaban muy bien y sus favoritos eran los de caramelo y sal de mar. Sin embargo era incapaz de darles más de dos bocados porque tenía un nudo en la garganta que hacía que estuviera constantemente al borde del llanto. Estaba demasiado asqueada como para comer nada y no lo había hecho desde que el chófer de Zack la había llevado a su casa.

Apoyó la cabeza en la encimera de la cocina e intentó contener un sollozo. Algo había estallado dentro de él la noche anterior, pero no sabía qué ni sabía cómo arreglarlo.

–Clara.

Alzó la mirada y vio a Jess en la puerta de la cocina.

–Zack te está buscando.

–Oh –se puso derecha y se secó las lágrimas–. Voy en un segundo. Toma, llévate algunos. Yo no puedo comérmelos sola y, si Zack los ve, dile que llevan nueces.

–¿Todos?

–No, pero tú dile eso.

Ahora no tenía elección. Tenía que enfrentarse a él.

–Jess ha ido a buscarme –dijo asomándose a la puerta de su despacho a pesar de que nunca había llamado antes de entrar. Sin embargo, ahora sentía que debía hacerlo.

–Sí, pasa –le respondió él con el mismo tono distante de la noche anterior.

Le parecía imposible que ese fuera el mismo hombre cuyas manos habían temblado después de hacer el amor, el mismo con el que había visto películas y compartido cenas. Pero lo era.

Entró en el despacho y lo vio tan calmado y contenido como el día de su boda, mirando por la ventana como si no le importara nada, como si estuviera carente de emociones.

–Estoy a punto de firmar el contrato con Amudee y quería darte las gracias por tu ayuda.

–Ah, sí.

–Una vez termine todo, podremos decirle a todos que nuestro compromiso está anulado.

–De acuerdo.

–Eso es todo –miró su ordenador un momento antes de añadir–: ¿Estás ocupada esta noche?

A Clara se le paró el corazón. ¿Quería sexo? ¿Otra vez? ¿Después de lo de la noche anterior?

–Eh... ¿por qué?

–Porque he pensado que podría ir a tu casa a ver una película.

Estaba comportándose como si nada hubiera cambiado y ella se sintió insultada. Quería gritarle e incluso pegarle, y eso que no había pegado a nadie en su vida. Pero quería una reacción, no quería verlo tan controlado.

–¿Vas a fingir que lo de anoche no pasó?

–Creo que los dos sabemos que no está funcionando, pero tienes razón. Eres mi amiga y anoche no te traté como tal.

–Más bien me trataste como a una ramera.

Vio un atisbo de emoción en su mirada antes de ser reemplazado de nuevo por esa irritante calma.

–Lo siento. No estaba siendo yo.

–¿Sabes qué pienso, Zack? Creo que sí que eras tú y que esto es una mentira. Que estás siendo un cobarde y que no puedes enfrentarte a lo que pasó entre nosotros y por eso te alejas.

–No está funcionando, lo que nos funciona es la amistad y tenemos que volver a eso.

–¿Estás loco? No podemos volver atrás. He estado desnuda delante de ti. Hemos hecho el amor. No puedes hacer como si eso no hubiera pasado. Nos equivocamos y aquella noche que luego se convirtió en cuatro lo cambió todo. No puedes experimentar algo así y no sentir nada.

–Yo sí puedo.

–¿De verdad crees que esto no es nada? ¿Que no somos nada?

–Somos amigos, Clara. Significas mucho para mí, pero eso no significa que quiera seguir acostándome contigo. Tenemos que volver a lo de antes para que el negocio pueda...

–Me marcho de Roasted, ya lo sabes.

–No pensé que fueras a marcharte de verdad.

–¿Qué?

–Me importas.

–No lo suficiente –contuvo las lágrimas

de rabia–. Te importo mientras te haga compañía cuando estás solo, te haga tu tarta de boda cuando decidas que ha llegado el momento de celebrar una boda sin amor, mientras acceda a fingir ser tu prometida para que puedas conseguir tu preciado contrato, pero siempre bajo tus condiciones. Y cuando ves que yo empiezo a tener algo de poder y de decisión, ya no puedes soportarlo. Se acabó, Zack –dijo quitándose el anillo y dejándolo en la mesa.

–Tenemos un trato.

–Si es la única razón por la que no quieres que me vaya, no puedo seguir aquí.

–¿Así que te vas a marchar y vas a echar a perder nuestra amistad por una aventura sin importancia?

–No es por la aventura, sino por el hecho de que no le des importancia.

–¿Qué quieres? ¿Por qué, de pronto, no te basta con lo que tenemos?

–Porque me he dado cuenta de lo poco que estaba aceptando y de que me conformaba con lo que tú querías darme, ya fuera un hueco en tu cama o un trabajo horneando tu tarta de boda, y eso es asqueroso. No puedo seguir haciéndome esto –se giró para marcharse, pero él la agarró del brazo.

–¿Qué quieres? Te lo daré, pero no te marches.

–¿Para quedarme esperando a que decidas que quieres probar con otro matrimonio sin amor? ¿Para poder hacerte otra tarta? A lo mejor esta vez tendría que ayudar a la novia a elegir el vestido del mismo

...do que estoy aquí para hacer lo que a ti se te antoje,

...ta la idea de que otra mujer se case con-

... así, cásate tú conmigo –agarró el

... y no te vayas.

Ella retrocedió horrorizada.

–¿Para qué, Zack? ¿Para ser la mujer que no ames? Te da igual, ¿verdad? Lo único que quieres es controlarme y evitar que me vaya y serías capaz de casarte para conseguirlo. Pero yo no quiero.

Él intentaba darle el anillo.

–¡No! Me voy a recoger mis cosas del despacho.

–Clara.

La vio salir del despacho y todo quedó en silencio. ¿De verdad había hecho eso? ¿Le había ofrecido el anillo de Hannah? ¿Le había suplicado que se casara con él para que se quedara? Sí. Y había perdido a la única persona que le había dado sentido a las cosas. Desde que la conoció había estado fingiendo que eran amigos, solo eso, porque había sabido que perfectamente podría haberse convertido en todo para él. Ahora lo aplastaba un intenso dolor y una sensación de pérdida que le robaba la respiración. Soltó el anillo y lo dejó caer al suelo.

Había perdido el control, algo vital para él, pero, si recuperarlo significaba perder a Clara, entonces ya no lo quería. Había estado seguro de que no podría vivir con la clase de dolor que el amor producía, pero ahora estaba seguro de que no podía vivir sin amor. Sin Clara.

La amaba tanto que le dolía.

Y, si tenía que renunciar a su orgullo, al control y a su seguridad para recuperarla, lo haría.

Capítulo 14

CLARA había mirado nueve locales en cuatro horas, pero ninguno le había gustado. Antes la idea de tener su propia pastelería le había parecido genial, pero ahora se daba cuenta de que, cuando la había imaginado llena de gente disfrutando de sus *cupcakes,* Zack estaba ahí porque su mente nunca había concebido que pudiera estar fuera de su vida. Una vida sin él había sido imposible de imaginar. Ahora, tres días después de haberse marchado, eso había cambiado y cuando pensaba en su pastelería solo veía ladrillos y madera. Nada de calidez. Nada de Zack.

Cuando le había dado el anillo se había visto en la tentación de aceptar, pero había entendido que estaría mal. Aun así, una parte de ella que detestaba deseaba poder volver atrás y hacerlo.

Suspiró y subió la estrecha escalera que conducía a su piso. Hacía tres días que tampoco subía en ascensor porque le recordaba a él.

Al llegar a su planta estaba exhausta, pero sabía que en su piso no descansaría porque allí había recuerdos de Zack por todas partes. Se detuvo a medio camino de su puerta al ver delante una pequeña caja rosa y marrón. Se acercó, levantó la tapa y se quedó sin aliento al ver el contenido: eran los *cupcakes* más feos que había visto en su vida e iban acompañados de una nota.

Sé que no sé hacer pasteles, pero los he hecho porque sé que significaría algo para ti y quería intentarlo.

Hacerlos me ha hecho sentir más cerca de ti. Pero, por favor, no te los comas, son terribles. Te echo de menos.
Zack.

La nota era divertida, dulce, y podía imaginarlo leyéndosela. Una lágrima recorrió su mejilla.
–Yo también te echo de menos, pero no podía dejar que las cosas siguieran así.
–No llores. Sé que son horribles, pero no están tan mal, ¿no?
Clara lo vio en la puerta del ascensor. Parecía cansado.
–Están muy mal –contestó secándose las lágrimas.
–Son casi tan malos como su creador –dio un paso hacia ella–. Lo siento.
–Zack, ¿podemos ahorrarnos esto? No creo que pueda soportarlo.
–No me iré, así que, si no te importa que acampe en tu puerta hasta que estés lista, puedo esperar.
Clara se cruzó de brazos para intentar ocultar que estaba temblando.
–¿Qué pasa?
–Le he contado a Amudee que estaba mintiendo.
–¿Y?
–Aún tenemos un trato, pero más por mi experiencia laboral que por mi calidad como ser humano.
–¿Por qué lo has hecho?
–Porque tenía que arreglar esto. Te utilicé y no quería ganar nada con ello.
–Te lo agradezco, Zack, pero...
–No he terminado. Tenías razón. He intentado controlarte –le acarició la mejilla y a ella se le paró el corazón–. Clara, desde el momento en que te vi sentí una conexión contigo y tuve que decidir dónde situarte en mi vida. Lo hice de manera consciente y controlada y

decidí que serías mi amiga, mi empleada, pero nada más porque sabía que, si te dejaba, pasarías a significarlo todo para mí y llenarías mi vida y te amaría. Estando en Chiang Mai no pude seguir negándolo y perdí el control y pensé que, si te metía en el hueco donde metía a mis amantes, podría tenerte en mi cama sin arriesgar nada más, sin que hubiera más sentimientos. Pero los hubo. Y ya no pude detenerlos. Después intenté reestablecerlo todo y eso tampoco funcionó porque me había cambiado estar piel con piel contigo y me aterrorizaba admitirlo.

–Zack...

–Tienes todo el derecho a estar furiosa conmigo, a odiarme.

–No te odio.

–Me alegro porque eso facilita la siguiente parte –respiró hondo–. Tienes razón, Clara Davis, me haces temblar. Has sido mi amiga, mi compañera, mi amante y quiero que sigas siendo todas esas cosas durante el resto de mi vida. Lo entenderé si no quieres lo mismo de mí, pero, pase lo que pase, tienes que saber que te amo.

–¿Me... amas?

–Con toda mi alma. Después de hacer el amor en mi casa la última vez, sentí que volvía a respirar por primera vez en catorce años, desde que había perdido a Jake, ¿y sabes cuánto me asustó? Pero, el otro día, cuando iba a beberme una botella de alcohol para ahogar el dolor por primera vez en catorce años, entendí algo. Entendí que el amor te hace fuerte. Estar contigo me hace mejor y es una de las razones por las que te quiero tanto. Porque todo ese control y ese orgullo eran para cubrir mi miedo y mi debilidad, pero tú me has hecho fuerte y has evitado que siga escondiéndome.

–Zack, creía que te conocía, pero entonces descubrí lo roto que estabas por dentro. Amaba al hombre de antes con sus bromas y su carácter animado, pero ¿sabes una cosa? Amo más a este hombre –puso una mano sobre su pecho–. Porque este hombre es real, este hombre eres tú. Y sé que has sufrido y que no eres perfecto, pero para mí lo eres.

Y al instante Zack estaba besándola y el pecho de Clara se llenó de amor y esperanza.

–¿De verdad me quieres? –le preguntó él secándole las lágrimas.

–Desde que te conocí.

–Qué tonto he sido.

–Por nada cambiaría todos estos años de amistad, Zack, porque nos han convertido en lo que somos. Nos han hecho bien.

–No sé si podrás llegar a saber lo mucho que tu amistad ha significado para mí y lo que ahora significa tu amor. Eres la única persona con la que he querido compartir mi intimidad, y sin ti en mi vida solo habría habido trabajo. Tú me has traído color y sabor.

–Y *cupcakes*.

–Eso también. Y, como puedes ver, necesito una proveedora porque se me da fatal. Haces que mi vida merezca la pena, Clara. Me haces mejor.

–Digo lo mismo. Gracias a ti me siento bella y especial.

–Porque lo eres. No lo dudes nunca.

–Jamás volveré a hacerlo.

–Tengo algo para ti.

Ella sonrió entre lágrimas.

–Me encantan los regalos.

–Lo sé –se metió la mano en el bolsillo y sacó una cajita de seda rosa con flores naranjas–. Porque te gustan las flores y el rosa –ese regalo era solo para ella. Para Clara.

–Sí –dijo abriéndola con manos temblorosas. El anillo que había dentro era de estilo antiguo, un diamante redondo en el centro y otros más pequeños bordeando la alianza.

–Me ha recordado a ti, sobre todo porque es precioso, como tú.

Ella se rio.

–Este piropo ha sido un poco pobre.

–Lo sé, pero ya sabes cómo soy. Lo sabes todo de mí y, si aun así me amas, me considero el hombre más afortunado del mundo.

–Sí. Pónmelo.

Sacó el anillo de la caja, se arrodilló y le dijo:

–¿Quieres casarte conmigo? ¿Quieres ser mi esposa en todos los aspectos? ¿Entenderás que eres lo primero para mí? ¿Me amarás y dejarás que te ame?

Ella se secó una lágrima.

–Sí.

–¿Y me harás *cupcakes* mientras vivamos?

–Sin nueces a la vista.

Él se levantó y la besó en los labios.

–Te quiero. Como mi amiga, como mi futura esposa, como todo.

–Yo también te quiero –y volvió a besarlo.

–¿Te importa que me quede a pasar la noche contigo?

–¿Solo una noche?

–No. No me bastaría. Te quiero todas las noches durante el resto de nuestras vidas, si te parece bien.

–Sí, Zack. Toda una vida me parece genial.

Epílogo

CLARA Parsons miró la tarta prácticamente intacta. Tres pisos de cobertura azul perfectamente montados antes de que dos manos regordetas les hubieran arrancado unos puñados.

–Es la tarta más extravagante que he visto en el cumpleaños de un niño de un año –dijo Zack mirando las migas por toda la cocina–. Y Colton ni se la ha comido, solo la ha esparcido por todas partes.

–Eso es lo que hacen los niños, Zack.

–Está dormido. Creo que es una sobredosis de dulce, pero bueno, solo se cumple un año una vez y hay que vivirlo a tope.

Clara volvió a mirar la tarta.

–Esto me recuerda a otra tarta que tampoco se comió. Una tarta de boda.

–Y estoy muy agradecido de que así fuera.

–Yo también porque gracias a eso nosotros tuvimos nuestra boda.

–Y a nuestro hijo.

–Así que fue una tarta muy importante, aunque nadie se la comiera.

Zack se acercó y, cuando apoyó su frente en la suya, a ella se le paró el corazón, como siempre que lo miraba.

–Muchas cosas han cambiado desde entonces –le dijo besándola en los labios.

–Muchísimas.
–Pero ¿sabes qué sigue igual?
–¿Qué?
–Que sigues siendo mi mejor amiga.
Clara lo besó y su pecho se llenó de amor.
–Tú también eres mi mejor amigo.

Bianca

Había sido secuestrada por su enemigo

Drago Cassari habría apostado su cuantiosa fortuna a que Jess Harper era una ladrona y una mentirosa. Para proteger a su familia, debía mantenerla cerca. Pero, cautiva en su palacio, la batalladora Jess no tardó en obsesionarle. Drago sabía que era una locura, pero Jess hacía que le ardiera la sangre en las venas…
Estar con Drago era como estar en el infierno y en el cielo a la vez; exquisitas y sensuales noches dieron paso a la dura realidad cuando descubrió que estaba embarazada. Aquello la ataba para siempre al arrogante italiano, y a los pecados de su pasado…

Amor cautivo

Chantelle Shaw

¡YA EN TU PUNTO DE VENTA!

Acepte 2 de nuestras mejores novelas de amor GRATIS

¡Y reciba un regalo sorpresa!

Oferta especial de tiempo limitado

Rellene el cupón y envíelo a

Harlequin Reader Service®
3010 Walden Ave.
P.O. Box 1867
Buffalo, N.Y. 14240-1867

¡Si! Por favor, envíenme 2 novelas de amor de Harlequin (1 Bianca® y 1 Deseo®) gratis, más el regalo sorpresa. Luego remítanme 4 novelas nuevas todos los meses, las cuales recibiré mucho antes de que aparezcan en librerías, y factúrenme al bajo precio de $3,24 cada una, más $0,25 por envío e impuesto de ventas, si corresponde*. Este es el precio total, y es un ahorro de casi el 20% sobre el precio de portada. !Una oferta excelente! Entiendo que el hecho de aceptar estos libros y el regalo no me obliga en forma alguna a la compra de libros adicionales. Y también que puedo devolver cualquier envío y cancelar en cualquier momento. Aún si decido no comprar ningún otro libro de Harlequin, los 2 libros gratis y el regalo sorpresa son míos para siempre.

416 LBN DU7N

Nombre y apellido (Por favor, letra de molde)

Dirección Apartamento No.

Ciudad Estado Zona postal

Esta oferta se limita a un pedido por hogar y no está disponible para los subscriptores actuales de Deseo® y Bianca®.

*Los términos y precios quedan sujetos a cambios sin aviso previo.

Impuestos de ventas aplican en N.Y.

SPN-03 ©2003 Harlequin Enterprises Limited

Deseo

Rico y misterioso

JANICE MAYNARD

Convencida de que Sam Ely era el hombre de su vida, la joven Annalise Wolff se había arrojado en sus brazos. Pero él la había rechazado alegando que era muy joven para él... y demasiado descarada. Siete años después, aún seguía traumatizada por aquellas palabras y había jurado que nunca se las perdonaría, pero entonces él le ofreció un trabajo que no pudo rechazar. Eso significó que tuvieron que trabajar en estrecha colaboración. Y, cuando una tormenta de nieve los dejó aislados, juntos y sin electricidad, Annalise temió que Sam volviera a romperle el corazón.

¿Sucumbiría de nuevo a su amor?

¡YA EN TU PUNTO DE VENTA!

Bianca

La culpa le impedía lanzarse a los brazos de la pasión...

Lo último que Eliza Lincoln se esperaba era encontrarse a Leo Valente en su puerta. Cuatro años antes, había vivido con él una tórrida aventura, hasta que se vio obligada a confesarle que estaba comprometida...
Pero Leo no había ido a buscarla para reanudar el idilio, sino a proponerle que fuese la niñera de su hija pequeña, ciega y huérfana de madre. Y aunque Eliza no podía rechazar su proposición, temía que el innegable deseo que ardía entre ellos volviera a consumirla. Sobre todo porque en aquella ocasión había mucho más en juego...

Atrapada por la culpa

Melanie Milburne

¡YA EN TU PUNTO DE VENTA!